안나 까레니나

가볍게 읽는 레프 똘스또이 3대 걸작선

안나 까레니나

레프 똘스또이 지음
김종민 옮김

뿌쉬낀하우스

일러두기

1. 러시아어 고유명사의 표기에 있어 표준 러시아어의 원 발음에 최대한 가깝게 표기하는 것을 원칙으로 하되, 한국어 어문 규정의 외래어 표기법과 원 단어의 철자를 유추할 수 있는 표기법을 절충하여 적는다. 기본적인 규칙은 다음과 같다.

   1) 원 발음에 충실하여 경음의 사용을 원칙으로 한다.
      예 : Москва(Moskva) 모스끄바

   2) 모음의 경우 강세에 따른 발음 변화는 표기하지 않는다.
      예 : Москва(Moskva) 모스끄바 (원 발음은 '마스끄바')

   3) 표준국어대사전에 등재되어 관용적으로 사용되는 지명 및 인명 가운데 일부는 등재된 표기에 준한다.
      예 : Крым(Krym) 크림반도 (원어: '끄림'), Сибирь(Sibir') 시베리아 (원어: '씨비리')

   4) 구개음화가 일어나는 경우 원 발음에 준한다.
      예 : Петербург(Peterburg) 뻬쩨르부르그, Володя(Volodja) 볼로쟈

   5) 연음화가 일어나지 않는 고유명사 및 외래어는 원 발음에 준한다.
      예 : Пастернак(Pasternak) 빠스쩨르낙(시인의 이름), интернет(internet) 인떼르네뜨

   6) 모음 ы는 국어의 '의'와는 달리 항상 자음 뒤에 사용되어 대부분의 경우 국어에서 쓰지 않는 표기 조합을 만들어내므로 모두 '으이'로 풀어 쓴다.
      예 : Солженицын(Solzhenitsyn) 솔줴니쯔인(작가의 이름, 원 발음은 '솔줴니쯴')

   알파벳별 구체적인 표기법은 출판사 홈페이지(www.pushkinhouse.co.kr)를 참조하세요.

2. 러시아에서 여성은 결혼 후 남편의 성姓을 따르는 것이 관례이며, 또한 러시아어의 성은 남성형과 여성형이 다르다. 까레닌-까레니나, 레빈-레비나, 르보프-르보바, 오블론스끼-오블론스까야, 셰르바쯔끼-셰르바쯔까야 등 남편과 아내, 부모와 자녀의 성이 다르게 보이는 것은 이 때문이다. 본 편집부는 이러한 원어의 특성을 가능한 그대로 전달하기 위해 남성형과 여성형, 호칭과 지칭 모두 원문과 동일하게 표기한다.

주요 인물

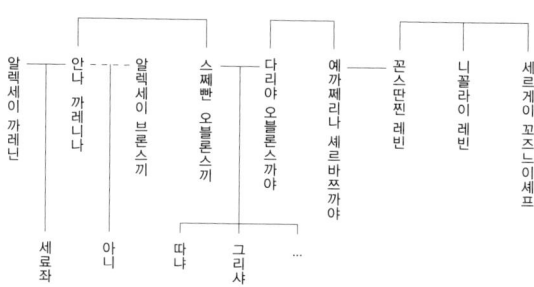

- 알렉세이 알렉산드로비치 까레닌(알렉세이) **안나의 남편**
- 안나 아르까지예브나 까레니나(안나, 안나 아르까지예브나) **주인공**
- 알렉세이 끼릴로비치 브론스끼(알렉세이, 알료샤) **안나의 애인**
- 스쩨빤 아르까지예비치 오블론스끼(스찌바, 스쩨빤 아르까지이치) **안나의 오빠**
- 다리야 알렉산드로브나 오블론스까야(돌리) **스쩨빤의 부인**
- 나딸리 알렉산드로브나 르보바(나딸리) **다리야의 여동생**
- 예까쩨리나 알렉산드로브나 셰르바쯔까야(끼찌, 까쨔) **다리야의 여동생**
- 꼰스딴찐 드미뜨리예비치 레빈(꼬스쨔, 레빈, 꼰스딴쩬 드미뜨리치) **끼찌의 남편, 스쩨빤의 친구**
- 니꼴라이 드미뜨리예비치 레빈(니꼴라이) **꼰스딴쩬 레빈의 친형**
- 세르게이 이바노비치 꼬즈느이셰프(세르게이) **꼰스딴쩬 레빈의 이부형**
- 세료좌(세르게이 알렉세이치) **안나와 까레닌의 아들**
- 아니(안나) **안나와 브론스끼의 딸**

차례

갈등의 시작	9
모스끄바에 온 레빈	15
레빈과 끼찌	22
거절당한 레빈	29
기차역	35
안나와 돌리, 그리고 끼찌	42
무도회	48
브론스끼의 유혹	52
흔들리는 안나	60
불륜의 시작	69
레빈의 전원생활	75
경마 시합	81
끼찌의 요양 치료, 레빈의 노동	92
까레닌의 편지	102
다시 찾은 사랑	109

안나의 출산	125
까레닌의 고민	131
레빈과 끼찌의 결혼	140
니꼴라이의 죽음	148
외면받는 안나	156
브론스끼의 영지	168
식어 가는 사랑	182
끼찌의 출산	195
까레닌의 이혼 거부	200
파국	207
레빈의 깨달음	222
역자 해설	233
레프 똘스또이 연보	238
지은이 및 옮긴이 소개	252

갈등의 시작

 행복한 가정은 모두 비슷하지만 불행한 가정은 제각각 다른 이유로 불행하다. 오블론스끼 집안은 모든 일이 뒤엉켜 어수선했다. 남편이 전에 가정교사로 있던 프랑스 여인과 관계를 맺고 있었음을 알게 된 아내는 그에게 더 이상 한집에서 같이 살 수 없다고 말하고는 자기 방에 틀어박혀 버렸고, 남편은 남편대로 사흘째 집에 들어오지 않았으며, 아이들은 저희 멋대로 집을 헤집고 뛰어다니고 있었다. 가정부와 싸움을 한 영국인 가정교사는 새로운 일자리를 구해 달라고 편지를 써놓은 상태였고, 요리사는 저녁 식사를 한 시간 남겨둔 상태에서 나가버리기까지 했다. 게다가 하녀와 마부까지 임금을 달라고 사정하는 형편이었다.

 아내와 말다툼이 있은 후 사흘째 되던 날 침실이 아닌 서재의 긴 소파 위에서 눈을 뜬 스쩨빤 아르까지이치 오블론스끼 공작은 혈색이 좋고, 살찐 몸을 뒤척이다 평상시처럼 8시에 자리에서 일어났다. 흔히 스찌바라고 불리는 그는 자신이 왜 아내의 침실이 아니라 서재에서 잠을 잤는지를 곧 깨달았다. 모든 것은 가정교사와의 관계가 명백히 드러난 편지를 아내가 발견한 데 있었다.

서른네 살의 미남자인 스쩨빤 아르까지이치는 자신보다 고작 한 살 젊은 아내이자 다섯 아이의 엄마, 죽은 두 아이까지 합치면 일곱 아이의 엄마인 아내에게 그다지 매력을 느끼지 못하고 있었다. 심지어 나이가 들어 아름다움이 퇴색한 그녀가 자신의 부정을 오래전부터 알면서도 모른 채 눈감고 있었을 것이라고 막연히 생각해 왔던 게 사실이었다. 하지만 여자관계는 복잡하지만 사람 좋기로 유명한 스쩨빤 아르까지이치는 아내의 화난 모습에 어떻게 대처해야 할지 도무지 감을 잡을 수 없었다.

'어떻게 될지 두고 보면 알겠지.'

생각을 고친 스쩨빤 아르까지이치는 창가로 가서 커튼을 젖히고 초인종을 눌렀다. 요란한 벨 소리를 듣고 하인 마뜨베이가 옷과 장화와 전보를 들고 들어왔다. 잇달아 면도 도구를 준비한 이발사도 들어왔다.

"관청에서 서류가 온 게 있나?"

스쩨빤 아르까지이치는 전보를 받아 들고, 거울 앞에 앉으며 물어보았다.

"탁자 위에 있습니다."

전보를 뜯어본 스쩨빤 아르까지이치의 얼굴이 갑자기 밝아졌다.

"마뜨베이, 누이동생 안나가 온다는군."

"잘됐군요. 그런데, 안나 아씨 혼자 오시는 겁니까? 아니면 내외분이 같이 오시는 겁니까?" 마뜨베이 역시 안나의 방문이 이들 부부의 불화를 다독이는데 도움을 줄 수 있을 거라고 생각하고 있었다.

스쩨빤 아르까지이치는 이발사가 콧수염을 다듬고 있어서 대답 대신 손가락 하나를 내보였다.

"혼자 오시는군요. 그럼 2층을 비워 둘까요?"

"그건 마님에게 여쭤 보게. 방은 마님이 지시해줄 거야."

마뜨베이는 마님께 다녀온 후 옷을 갈아입으려던 스쩨빤 아르까지이치에게 말했다.

"마님께서는 당장 이 집을 나가실 거라면서 나리께서 알아서 하시랍니다."

스쩨빤 아르까지이치는 잠시 아무 말도 하지 않았다. 곧이어 유모 마뜨료나가 다가와 말을 했다.

"나리, 마님께 다시 용서를 비세요. 지금 마님도 무척 괴로워하고 계세요. 무엇보다 아이들을 생각하셔야지요."

"하지만 돌리는 나를 보려고도 하지 않을 텐데……."

"하느님께 기도하세요. 그러면 도와주실 거예요."

"그래, 알았네. 그만 나가 보게."

유모가 나간 후 스쩨빤 아르까지이치는 식당에 가서 관청에서 온 서류와 편지를 읽었다. 그중 아내의 소유로 되어 있는 영지의 산림을 사려는 사람으로부터 온 편지는 그의 심기를 불편하게 했다. 현재 빚을 지고 있어 자금 사정이 넉넉하지 못한 그로서는 진작부터 산림을 팔 생각을 하고 있었지만 지금 그 문제는 아내와의 화해가 없이는 불가능한 일이었다.

'아내에게 가야 하나, 말아야 하나? 솔직히 그는 아내에게 가고 싶지 않았으나 이 상태를 계속 방치할 수도 없는 형편이었다. 결국 그는 담배를 두어 모금 빨고는 아내의 침실로 향했다.

돌리는 숱이 적은 머리카락을 핀으로 꽂은 채 여윈 얼굴로 옷장 앞에 서서 무언가를 꺼내고 있었다. 남편의 발소리가 들리자 그녀는 하던 일을 멈추고 일부러 그를 경멸하는 듯한 표정을 지으려 애를 썼다. 지난 사흘 동안 그녀는 아이들을 데리고 집을 나가기 위해 부단히 물건을 고르고 짐을 싸려고 했지만 여전히 실천에 옮기지 못했다. 돌리는 어떻게 하든지 자기가 받은 고통의 일부라도 그에게 복수하고 싶지만 그럴 수 없다는 사실을 자신도 잘 알고 있었다. 지금껏 남편으로 알고 사랑했었던 일종의 관습으로부터 갑자기 벗어난다는 것이 쉽지 않았고, 이곳을 떠나 다섯 아이를 양육하는 문제 역시 극복하기 힘든 장애물이었다.

"돌리!"

스쩨빤 아르까지이치는 나지막한 목소리로 그녀를 불렀다.

"내일 안나가 온다는군."

"아가씨가 오든 말든 그게 저와 무슨 상관이에요? 난 만나지 않겠어요!"

"하지만 그럴 수는 없지 않소, 돌리."

"가세요, 가요. 나가란 말이에요!"

그는 그녀의 괴로워하는 모습을 보고 숨이 막히고 두 눈엔 눈물이 고였다.

"아아, 내가 대체 무슨 짓을 한 건지…… 나를 용서해 줘요……."

"가세요, 여기서 나가세요! 아무 말도 듣고 싶지 않아요!"

"여보, 제발, 아이들을 생각해 줘요. 아이들은 죄가 없지 않소! 내가 잘못했어."

"어떤 길이 아이들을 위한 길인지 저 자신도 잘 모르겠어요. 아버지와 따로 떨어져 사는 것이 좋은지, 난봉꾼인 아버지와 같이 사는 것이 좋은지 말예요."

"내가 어떻게 하면 좋겠소?"

"당신은 더럽고 불결해요. 당신은 날 사랑한 적이 없어요. 당신은 나와 상관없는 남이란 말예요!"

그때 옆방에서 아이의 울음소리가 들렸다. 아마 넘어진 모양이었다. 돌리가 옆방의 상태에 귀기울이는 동안 그녀의 표정이 부드러워지는 것을 보면서 스쩨빤 아르까지이치는 그녀가 얼마나 아이들을 사랑하고 있는지 새삼 깨달았다.

"돌리, 한마디만 더……."

"만약 가까이 오면 당신이 어떤 사람인지 아이들한테 다 알리겠어요. 전 지금 당장 나갈 테니 당신은 여기서 당신 애인하고 같이 사세요!"

그녀는 문을 쾅 닫고 나가 버렸다.

스쩨빤 아르까지이치는 한숨을 쉬고는 방에서 나갈 수밖에 없었다. 그는 마뜨베이에게 누이동생이 쓸 방을 치워 두라고 말하고는 외투를 입고 밖으로 향했다.

모스끄바에 온 레빈

학창시절 스쩨빤 아르까지이치는 게으르고 장난을 좋아한 탓에 좋은 성적을 거두지는 못했다. 하지만 그가 모스끄바의 관청에서 기관장으로 근무를 하면서 높은 연봉을 받을 수 있게 된 것은 모두 누이동생의 남편인 알렉세이 알렉산드로비치 까레닌 덕분이었다. 하지만 까레닌의 도움이 아니었더라도 그는 연봉 6천 루블 정도는 받을 수 있었을 것이다. 모스끄바와 뻬쩨르부르그 상류층의 절반 가까운 사람들이 스쩨빤 아르까지이치의 친구나 지인들이었다. 정부 관리 가운데 3분의 1 가량이 아버지의 친구들로 그가 어려서부터 알고 있던 사람들이었고, 3분의 1은 친한 친구들이었으며 나머지 역시 절친한 지인들이었다.

솔직하고 쾌활한 성격, 빛나는 눈과 검은 머리, 눈썹, 흰 얼굴 등 수려한 외모를 골고루 갖춘 스쩨빤 아르까지이치에게는 만나는 사람들로 하여금 그에게 친밀감을 느끼게 하는 무언가가 있었다.

　사무실에 도착한 스쩨빤 아르까지이치가 점심시간이 시작되는 2시까지 계속해서 업무보고를 받고 있던 그때 누군가가 관청 안으로 들어오려다가 수위로부터 제지를 당하는 일이 벌어졌다. 그는 수위에게 물었다.

"조금 전에 누가 들어오려고 했었지?"

"누구인지 허락도 없이 들어오려고 해서요, 각하를 뵙겠다고 하던데…… 전 다른 분들이 다 나간 뒤에 뵈라고 말했습니다."

"그 사람 지금 어디 있나?"

"방금 전까지 여기서 돌아다니고 있었습니다만, 아 바로 저 사람입니다." 수위는 건장한 체격에 어깨가 떡 벌어지고 구레나룻을 기른 사나이를 가리켰다.

"아니, 레빈 아닌가? 드디어 왔군그래!" 그는 반갑게 그를 맞이하며 말했다.

"여기 온 지 얼마나 되었나?"

"방금 도착했네. 자네가 무척 보고 싶어서 말이야."

"자, 내 방으로 가세."

　레빈은 스쩨빤 아르까지이치와 비슷한 연배로 오랜 친구였다. 성격이나 취미는 달랐지만 서로 정이 들어 좋아하는 사이였던 것이다. 하지만 그들은 서로 자신의 생활이야말로 진정한 생활이고 친구의 생활은 무의미한 것에 불과하다고 생각하고 있었다. 스쩨빤 아르까지이치는 시골에서 생활하고 있는 레빈이 도시에 나올 때마다 그를 만나고 있었지만 그가 무엇을 하고 있는지도 알지 못했고, 자세히 알려고도 하지 않았다. 레빈 또한 도시의 생활이라든가 스쩨빤 아르까지이치의 관직 생활을 그다지 높게 평가하지 않은 채 내심 경멸하고 있는 형편이었다. 스쩨빤 아르까지이치는 매사를 자신 있고 선량하게 처리하는 반면 레빈은 자신 없고 때로는 화를 낸다는 차이가 있었다.

"자네와 꼭 할 얘기가 있네." 레빈이 말했다.

"그래, 그럼 저녁 식사라도 하면서 얘기하지."

"저녁 식사? 뭐 그렇게까지 특별한 일은 아니야. 그저 몇 마디만 들어 주면 되네."

"그럼, 지금 여기서 말하게. 다른 얘기는 나중에 식사하면서 하기로 하고."

"셰르바쯔끼 가족은 어떤가? 다들 별일은 없나?"

레빈이 자신의 처제인 끼찌를 사랑하고 있다는 것을 오래전부터 알고 있었던 스쩨빤 아르까지이치는 가볍게 미소를 지었다.

"자네가 물은 그 사람들은 별일 없네. 다만 자네가 너무 오랫동안 그들을 방문하지 않은 것이 문제이긴 하지만……."

"문제라니 그게 무슨 뜻이지?"

"아무것도 아니야. 자네를 집으로 초대해야 하는데 아내가 몸이 좋지 않아서 그러니 레스토랑에 가서 식사를 하세. 그리고 셰르바쯔끼네 사람들을 만나려거든 동물원으로 가게나. 요즘 4시에서 5시 사이에는 동물원에 가있거든. 끼찌가 그곳에서 스케이트를 타니까."

"그래? 알았네. 그럼 이따가 보세."

레빈은 스쩨빤 아르까지이치를 만나자마자 그가 무슨 일로 왔는지를 물었을 때 얼굴을 붉힌 사실로 인해 스스로에게 화가 나있었다. '자네 처제에게 청혼하러 왔네.'라고 솔직히 대답하지 못한 자신의 처지 때문이었다.

레빈 집안과 셰르바쯔끼 집안은 모두 모스끄바의 전통 있는 귀족 가문으로 서로 친근한 사이였다. 이러한 관계는 레빈이 돌리와 끼찌의 오빠인 젊은 셰르바쯔끼 공작과 함께 입시 준비를 하면서 더욱 돈독해졌다. 그 무렵 레빈은 셰르바쯔끼 집안을 드나들면서 그 가족, 특히 여성들한테서 친근한 매력을 느꼈다. 자신은 어머니에 관한 기억이 없었고, 한 명뿐인 누님과는 나이 차이가 많았기 때문에 기품 있고 명예로운 귀족 집안의 가정생활을 셰르바쯔끼네 집에서 처음으로 맛보았던 것이었다.

대학시절 레빈은 셰르바쯔끼 집안의 첫째 딸인 돌리에게 마음을 빼앗기기도 했지만 그녀는 곧 오블론스끼에게 시집을 갔고, 이후 둘째 딸 나딸리에게 마음을 쏟았으나 그녀 역시 외교관인 르보프에게 출가했다. 레빈이 대학을 졸업했을 무렵 막내딸 끼찌는 아직 어린 소녀였다.

그 후 젊은 셰르바쯔끼 공작이 해군에 입대한 후 발트해에서 익사하고 나자 레빈은 셰르바쯔끼 집안과 자연히 왕래가 멀어지게 되었으나 시골에서 1년을 지낸 후 모스끄바로 나와 셰르바쯔끼 집안 사람들을 다시 만났을 때 그는 자신이 누구를 사랑해야 하는지를 확실히 깨닫게 되었다.

하지만 명문가 출신에 재력까지 겸비한 서른두 살의 레빈에게 셰르바쯔끼 공작의 막내딸에게 청혼하는 일은 그다지 어려운 일이 아니었으나 사랑에 빠진 레빈의 눈에 끼찌는 더없이 완벽한 존재로 비친 반면, 자신은 한없이 작고 초라하게 느껴지곤 했던 것이 문제였다.

모스끄바에서 머물면서 끼찌를 만나는 두 달 동안 레빈은 그런 현실을 더욱 절실히 느꼈고 이내 모든 걸 포기하고 시골로 돌아갔다. 셰르바쯔끼 집안 사람들 시각에서 볼 때 서른두 살의 남성이라면 벌써 육군 대령이나 시종무관, 대학교수, 관청의 기관장 자리에 올라가 있어야 하지만 레빈은 자신을 겨우 목축업이나 사냥 등으로 소일하면서 농장을 경영하는 별 볼 일 없는 사내로 인식할 것이 두려웠던 것이었다. 하지만 시골에서 두 달을 홀로 지낸 끝에 레빈은 자신의 사랑이 진정한 것이며 그녀로부터 거절당할 아무런 이유가 없다는 결론을 내린 끝에 그녀만 승낙한다면 바로 결혼하리라 결심하며 모스끄바로 올라온 것이었다.

  아침 기차로 모스끄바에 올라온 레빈은 아버지가 다른 형 세르게이 이바노비치를 찾아갔다. 이번 청혼 건으로 형에게 조언을 듣고 싶어서였다. 때마침 형은 유명한 철학 교수와 대화를 나누고 있었다.
  잠시 후 대화가 끝나고 교수가 떠나자 세르게이 이바노비치는 동생에게 물었다.
  "잘 왔다. 오래 머물 예정이니? 시골 일은 어떻고?"
  레빈은 형이 영지의 경영에는 전혀 관심이 없으면서 단지 의례적으로 묻는 말임을 알고 밀을 매각한 일과 금전적인 문제에 대해서 간단히 대답했다.
  "그건 그렇고, 너 혹시 니꼴라이가 다시 이곳에 와있는 걸 알고 있니?"
  니꼴라이는 레빈의 친형이며 세르게이 이바노비치와는 아버지가 다른 동생으로, 자기 몫으로 분배된 재산을 전부 탕진하고 이상하고 저속한 모임에 빠져 형제들과는 사이가 좋지 못한 사람이었다.
  "뭐라고 하셨어요? 여기 모스끄바에 있다구요? 어디요?" 레빈은 당장에라도 찾아갈 듯 일어섰다.
  "너한테 괜한 얘기를 한 것 같구나. 사람을 시켜 니꼴라이가 어디 살고 있는지 알아낸 다음 내가 대신 갚아준 어음을 보내 줬더니 이렇게 편지를 보냈더구나."

세르게이 이바노비치는 한 통의 편지를 꺼내 동생에게 주었다.

> 제발 절 그냥 내버려 두세요. 이게 제가 형제들에게 바라는 유일한 소원입니다.
>
> 니꼴라이 레빈

레빈은 편지를 읽고 나서도 한동안 고개를 숙인 채 서있었다. 세르게이 이바노비치가 말했다. "내가 충고하겠는데 그 녀석한테 가지 않는 게 좋겠다. 어차피 구제불능일 테니까. 하지만 네 좋을 대로 해라."

"형님 말씀도 일리는 있습니다만 그렇다고 그냥 내버려 둘 순 없잖습니까?"

레빈은 세르게이의 하인에게서 니꼴라이 형의 주소를 듣고 곧 그를 찾아가려다가 모스끄바로 온 용건부터 해결하기로 했다. 그래서 스쩨빤 아르까지이치의 관청으로 달려갔고 거기서 셰르바쯔끼 집안 소식을 물었으며, 끼찌를 만날 수 있을 거라고 들은 장소를 향해 마차를 몰았다.

레빈과 끼찌

 흥분해서 가슴이 뛰는 걸 의식하면서 레빈은 4시에 동물원 입구에 마차를 세웠다. 입구에서 셰르바쯔끼 집안의 마차를 본 그는 스케이트장 쪽으로 난 길을 걸었다.
 레빈은 좁은 길을 따라 가면서 혼자 중얼거렸다. '흥분해선 안 돼. 침착해야지. 뭣 때문에 두려워하는 거냐?' 그는 스스로 이렇게 타일렀지만 진정하면 진정할수록 더욱 숨이 막힐 지경이었다. 곧 그의 눈앞에 스케이트장이 나타났고, 스케이트를 타고 있는 많은 사람들 속에서 끼찌를 발견했다. 그녀는 저쪽 건너편에서 어느 부인과 얘기를 나누고 있었다. 그때 끼찌의 사촌 오빠인 니꼴라이 셰르바쯔끼가 레빈을 보고 외쳤다.
 "야아, 러시아 최고의 스케이트 선수가 오셨군요!"
 "난 지금 스케이트가 없는데요."
 그들의 대화를 듣고 저쪽에서 끼찌가 얼음판을 지치면

서 셰르바쯔끼 쪽으로 다가왔다. 그녀는 레빈을 향해 웃으면서 인사를 했다. 그녀의 부드러운 미소와 우아한 움직임은 레빈에게 상상 이상의 감동을 느끼게 했다.

"언제 오셨어요?"

"저요? 그리 오래되지 않았습니다. 어제, 아니 지금…… 막 도착했습니다."

"당신이 그렇게 스케이트를 잘 타는 줄은 미처 몰랐습니다."

"당신한테 그런 칭찬을 듣다니 영광인데요. 여기에서는 당신이 대단한 스케이트 선수였다고 평판이 자자하거든요."

"자, 어서 스케이트를 신고 함께 타요."

"그럼, 곧 신고 오겠습니다." 그는 행복한 미소를 간신히 자제하면서 생각했다. '이것이 인생이고, 이것이 행복이다! 그녀가 함께 스케이트를 타자고 했다. 아예 지금 청혼을 할까? 하지만 어쩐지 말을 꺼내기가 두려운데…….'

스케이트장 관리원으로부터 스케이트를 빌려 신은 레빈은 끼찌와 손을 잡고 함께 얼음판을 지쳤다.

"당신과 함께 타면 저도 실력이 금방 늘 것 같아요."

"저도 당신이 이렇게 제게 기대면 더욱 자신감이 생깁니다."

레빈은 자신이 한 말에 스스로 놀라 얼굴을 붉혔다. 끼찌에게서 보였던 부드러운 미소가 금세 사라진 건 이때였다. 그녀의 매끈한 이마에 주름이 보였다. 레빈은 그녀의 상냥함 속에 뭔가 심상치 않은 거리감을 느꼈다.

"시골에서 겨울을 보내시는 건 지루하지 않나요?" 끼찌는 레빈에게 물었다.

"아닙니다. 워낙 영지 일이 바빠서 지루할 틈이 없습니다."

"이곳에는 오래 머무실 건가요?"

"저도 잘 모르겠습니다."

"왜 모르시지요?"

"모르겠습니다. 그건 당신한테 달렸으니까요."

레빈은 이렇게 말하고 나서 스스로 당황했으나 끼찌는 그의 대답을 듣지 못했는지, 아니면 듣고 싶지 않았는지 스케이트를 지치며 갑자기 다른 쪽으로 물러가 버렸다.

'아, 내가 무슨 짓을 저지른 거지? 하느님, 저를 도와주소서.' 레빈은 절망적으로 중얼거린 후 이내 빙판을 격렬하게 지치면서 돌기 시작했다. 그런 모습을 본 끼찌는 속으로 중얼거렸다. '멋진 분이야. 하지만 …… 내가 사랑하는 사람은 저분이 아니지만 저분과 있으면 즐거운데. 그런데 저분은 왜 내게 그런 말을 했을까?'

끼찌가 어머니와 함께 돌아가려 할 때 레빈은 그들을 뒤따라갔다.

"당신을 뵙게 돼서 반갑군요." 공작 부인이 말했다. "예전처럼 우리는 목요일에 손님을 초대한답니다."

"찾아주시면 기쁘겠습니다." 공작 부인은 무심하게 말했다.

이때 스쩨빤 아르까지이치가 동물원 입구에 들어섰다. 당당하게 발걸음을 옮기던 그는 장모인 공작 부인을 보자 어깨를 움츠리고는 짧게 인사를 한 뒤 곧바로 레빈과 함께 레스토랑으로 향했다.

레빈과 함께 레스토랑에 들어가면서 오블론스끼는 짙은 화장을 한 채 카운터에 앉아 있던 프랑스 여인에게 뭔가 말을 건넸다. 그러자 그녀는 배를 잡고 천박하게 웃어 댔다. 레빈은 도무지 그런 여인이 달갑지 않았다.

식탁에 자리를 잡은 후 연미복을 입은 나이 든 종업원이 다가와 주문받을 채비를 했다.

"마침 싱싱한 굴이 들어왔습니다만……."

"오, 그래? 굴이라! 괜찮은가? 신선한가 말이야."

"플렌스부르그산입니다. 어제 들어온 겁니다."

"그럼 굴부터 시작하지. 자넨 괜찮겠나?"

"난 아무래도 좋아. 양배추 수프와 죽을 제일 좋아하지만 여긴 그런 건 없을테니."

종업원은 5분 뒤에 연미복을 펄럭이며 굴을 담은 접시

와 술병을 가져왔다.

"음, 나쁘진 않군." 스쩨빤 아르까지이치는 연신 굴을 먹으면서 말했다.

"자넨 오늘 셰르바쯔끼 공작 댁에 갈 건가?"

"그래, 갈 생각이야." 레빈이 대답했다. "공작 부인은 마지못해 초대하는 것 같았지만."

"그건 그분 버릇이니까 신경쓰지 말게. 그건 그렇고, 자넨 이번에 모스끄바에 무슨 일로 온 건가?"

"자넨 이미 알고 있지 않나? 어떻게 생각하나?" 레빈이 물었다. 스쩨빤 아르까지이치는 천천히 잔을 비우면서 말했다.

"나야 그렇게만 된다면 더 바랄 것이 없겠지. 집사람은 자네를 좋게 생각하고 있고, 자네가 끼찌와 결혼하게 될 거라고 말했네."

"그렇게 말했단 말인가? 정말 고맙군그래." 그는 감동하면서 말했다.

"그런데 말이야, 자네한테 말해줄 게 있는데, 혹시 브론스끼를 아는가?"

"아니, 모르네. 내가 알아야 하는 사람인가?"

"그가 자네의 경쟁자이기 때문에 하는 소리네. 브론스끼도 자네처럼 끼찌를 좋아하고 있거든. 끼릴 브론스끼 백작의 아들로 뻬쩨르부르그에서도 손꼽히는 엘리트 청년이네. 재력 있는 미남에다가 연줄도 많은 장교야. 자네가 이곳을 떠난 직후에 나타났지. 게다가 장모님은……."

"미안하지만 난 모르고 있었네." 침울한 얼굴로 레빈이 말했다.

이제 와서 레빈은 스쩨빤 아르까지이치와 이런 이야기를 시작한 것을 후회하고 있었다. 끼찌를 둘러싸고 낯선 장교가 경쟁자로 나타난 것에 대해 기분이 상한 것이었다. 레빈의 이런 상태를 알아챈 스쩨빤 아르까지이치는 미소 지으며 말했다.

"이봐, 여자들이란 만사를 돌아가게 하는 중심 나사 같은 걸세. 지금 내 사정도 과히 좋다고 할 순 없지. 자네가 조언 좀 해주게."

"무슨 말을 하려는 거야?"

"음, 말하자면, 자네는 결혼했고, 아내를 사랑하고 있네. 그런데 다른 여인에게 마음이 끌린다면 어떻게 하겠나?"

"미안하네. 난 이해할 수가 없어. 그건 실컷 배부르게 먹고 난 다음에 빵집을 지나다가 빵을 훔치는 것과 마찬가지야."

"그래? 그 빵에서 참을 수 없을 만큼 맛있는 냄새가 난다면 어떻게 하겠나?"

"이보게, 난 세상의 여자들을 두 부류로 나누어 보는데 말이야, 하나는 정숙한 여인들이고, 다른 하나는 아까 저

카운터 앞에 앉아 있던 프랑스 여인 같은 부류의 여인들이네."

"그럼 복음서에 씌어 있는 여인[1]은?"

"아, 그만두게. 세상 사람들이 나중에 그렇게 악용할 줄 알았다면 그리스도도 그렇게 말하지 않았을 걸세. 난 타락한 여인들을 혐오하고 있어."

"자넨 정말 순수하군그래. 그게 자네의 장점이자 단점이지만."

레빈은 더 이상 아무런 대답도 하지 않았다. 자신의 일을 생각하느라 스쩨빤 아르까지이치의 말을 듣지 않고 있었던 것이다.

---

1 성경의 요한복음에 기록된 사건으로, 간음하다가 현장에서 붙잡힌 여인을 율법학자와 바리새인들이 예수에게 끌고 온 장면을 말한다. 이들은 모세의 율법에 따라 간음한 여인을 돌로 쳐 죽여야 하지 않냐고 주장하면서 예수의 반응을 시험한다. 이에 예수는 아무 말 없이 땅에 무엇인가를 적은 뒤 그들을 향해 죄 없는 자가 먼저 돌을 들어 치라고 말한다. 예수의 이 한마디에, 모여든 군중은 양심의 가책을 받아 하나 둘 자리를 뜨고 나중에는 예수와 간음한 여인만 남게 된다. 결국 간음한 여인이 예수에 의해 구원받게 된다는 내용인데, 본문에서 스쩨빤 아르까지이치는 성경 속에 등장하는 이 여인도 구원받았으니 레빈이 말하는 정숙한 여인과 다를 바 없는 것 아니냐는 의미로 묻고 있다. 그는 나아가 자신의 죄(가정교사와의 불륜)도 결국에는 용서받을 수 있는 것이라는 취지에서 성경 속 여인을 언급한 것이나 다름 없다. (역자 주)

거절당한 레빈

 셰르바쯔끼 공작의 막내딸 끼찌는 올해 열여덟 살이었다. 사교계에 발을 들여놓자마자 그와 춤을 춘 많은 젊은 이들은 모두 그녀에게 반했고, 벌써 두 사람의 청혼자까지 나타났다. 레빈과 브론스끼 백작이 그들이었다.

 셰르바쯔끼 공작은 레빈을 마음에 들어 했으나 공작 부인은 그에게 호의적인 태도를 보이지 않았다. 공작 부인은 목축업과 농업에 종사하는 시골 사람 레빈을 탐탁치 않게 여기면서 더 나은 신랑감이 나타나길 기다리던 차에 브론스끼 백작이 나타난 것을 매우 반기고 있었다. 브론스끼는 요즈음 무도회 때마다 끼찌에게 다가가 함께 춤을 추었고 집에도 자주 드나들었다. 그런데 오늘 모스끄바에 다시 나타난 레빈을 보자 공작 부인은 은근히 불안한 생각이 들기 시작했다. 브론스끼를 사랑하고 있는 끼찌가 혹시 레빈에게 다시 마음을 빼앗길까 두려웠던 것이다.

"레빈 씨는 언제 돌아왔다니?"

집으로 돌아온 공작 부인은 끼찌에게 물었다.

"오늘 오셨대요."

"네게 하고 싶은 말이 있다. 나한테 아무것도 숨기지 않고 얘기하겠다고 약속했던 걸 기억하고 있지?"

"어머니, 아무 말씀 마세요. 전 지금은 할 말이 없어요. 하고 싶어도 어떻게 말씀드려야 할지 모르겠어요."

공작 부인은 끼찌의 눈에 살짝 고인 눈물을 보면서 딸이 거짓말을 할 리 없다고 생각했다.

무도회가 시작되기 전 끼찌는 두근거리는 가슴을 진정시키기 어려웠다. 레빈을 생각하면 어린 시절에 대한 추억과 죽은 오빠와의 우정 등을 떠올리면서 편안하면서도 아름다운 느낌을 가질 수 있었다. 반면 브론스끼는 사교적인 데다 나무랄 데 없는 신사였지만 어딘가 불편한 점이 있었던 게 사실이었다. 하지만 브론스끼와 자신을 생각하면 밝고 행복한 미래가 느껴졌지만 레빈과 함께할 자신을 상상하면 모든 것이 흐릿하고 모호할 뿐이었다.

일곱 시 반에 끼찌가 옷을 갈아입고 응접실로 내려가자 하인은 레빈 씨가 와있다고 알려 주었다. 이른 시각에 그가 찾아온 이유는 혼자 있을 그녀에게 청혼하기 위해서라는 사실을 그녀 자신이 분명히 알고 있었다.

'정말 내 입으로 당신을 사랑하지 않는다고 말할 수 있

을까? 아니, 그럴 수는 없어. 자리를 피해야겠어.'

하지만 끼찌가 문 가까이 갔을 때 벌써 레빈의 발소리가 들렸다.

"제가 너무 일찍 온 것 같군요. 사실은 당신이 혼자 있을 때 오려고 했습니다……. 이곳에 얼마나 머물게 될지는 당신에게 달렸다고 제가 아까 말했었지요. 전 지금 바로 그 일 때문에 당신에게 왔습니다. 저와 결혼해 달라고 말하려고 온 겁니다!"

끼찌는 그를 바라보지 않은 채 가쁜 숨을 몰아쉬었다. 레빈의 고백이 이처럼 감동적일 줄 미처 예상하지 못했던 끼찌는 그의 청혼을 들으면서 황홀함을 느꼈다. 그러나 그것은 순간의 일이었다. 그녀는 곧 브론스끼를 떠올리면서 투명한 두 눈을 들어 자신을 애처롭게 바라보는 레빈을 향해 서둘러 대답했다.

"그럴 수 없어요……. 용서하세요."

1분 전만 하더라도 끼찌는 레빈에게 가장 가까운 사람이었다. 하지만 이제 그녀는 그에게서 가장 먼 사람이 되었다.

"알겠습니다."

레빈은 그녀의 얼굴을 보지 않은 채 말하고는 작별 인사를 하고 나가려고 했다. 그런데 마침 공작 부인이 방에 들어왔다. 둘 사이의 어색한 분위기를 감지한 공작 부인은 끼찌가 그의 청혼을 거절한 것을 눈치채고 내심 마음을 놓으며 레빈에게 시골 생활에 대해 이것저것 묻기 시작했다. 레빈은 사람들이 많아져서 조용히 떠날 수 있을 때까지 별수 없이 기다리기로 했다.

잠시 뒤 들어온 장교를 보면서 레빈은 그가 바로 브론스끼임을 직감했다. 레빈은 브론스끼를 바라보는 끼찌의 눈빛을 보고 그녀가 그를 사랑하고 있음을 느꼈다. '대체 저 자는 어떤 사람일까?' 레빈은 자리에 머무르지 않을 수 없었다. 브론스끼는 적당한 키에 단단한 체격의 소유자로 수려한 외모와 짧게 깎은 머리, 말끔히 면도한 턱, 넉넉히 재단한 제복 등 모든 것이 멋진 청년이었다. 그는 응접실에 있는 모든 이들과 인사를 한 뒤 자리에 앉았다.

"소개하지요." 공작 부인이 레빈을 가리키며 말했다. "꼰스딴찐 드미뜨리치 레빈 씨입니다. 그리고 이쪽은 알렉세이 끼릴로비치 브론스끼 백작입니다."

잠시 후 세르바쯔끼 공작이 들어왔다. 그는 부인들과 인사를 나눈 뒤 레빈에게 다가왔다.

"언제 왔는가? 자네가 온 줄도 몰랐군. 오랜만에 보니 참 반갑네."

브론스끼의 인사를 냉담하게 받아들였던 아버지가 레빈을 반갑게 맞이하는 것을 보면서 끼찌는 얼굴을 붉혔다.

저녁 모임이 끝나자 끼찌는 레빈의 청혼을 거절했던 일

을 어머니에게 말했다. 잠자리에 들어서도 그녀는 레빈의 선한 눈과 우울한 표정이 떠올라 잠을 제대로 이룰 수 없었다. 청혼을 거절한 것은 불가피한 일이었다 하더라도 후회가 밀려드는 것은 어쩔 수 없었다. 레빈을 근심하게 만든 것이 후회되는 일인지, 청혼을 거절한 것이 후회되는 일인지 그녀 자신도 종잡을 수 없었다.

한편 아래층 공작의 서재에서는 레빈과 끼찌 사이에 있었던 일을 놓고 공작 부부가 다시 한 번 언성을 높이기 시작했다. 공작 부인은 끼찌의 마음이 브론스끼 쪽에 가있다고 말하면서 브론스끼의 어머니만 도착하면 혼사가 결정될 수 있으리라고 말했다. 그런데 이 말을 듣자마자 공작은 발끈했다.

"당신은 도대체 사람을 볼 줄 모르는군. 레빈 쪽이 훨씬 나은 사람이오. 그 뻬쩨르부르그의 멋쟁이 녀석들은 어디서든 나올 수 있어. 그 따위 녀석들은 모두가 그렇고 그런 별 볼 일 없는 놈들이란 말이야. 끼찌가 그 사내를 정말 좋아해도 나중에 그 사내는 결혼할 생각이 없다고 하면 어쩔 셈이요?"

"당신은 어떻게 그렇게 말씀하실 수 있어요?"

"언젠가 당신도 제대로 눈이 뜨일 때가 있을 거요. 하지만 그때는 너무 늦어. 돌리의 경우처럼."

"아아, 그 얘긴 더 이상 하지 마세요."

부부는 잠들기 전 서로 성호를 긋고 키스를 나누었지만 공작의 말은 부인의 마음을 심란하게 만들었다.

기차역

　브론스끼는 가정이라는 것에 무관심했던 사람이었다. 젊은 시절 사교계를 주름잡았던 어머니는 아버지가 돌아가신 후 온갖 염문을 뿌리고 다닌 걸로 유명했고, 아버지에 대한 기억이 없던 브론스끼는 기숙학교에서 교육을 받으며 성장했다. 전도유망한 청년 장교로서 사회에 첫발을 내디딘 브론스끼는 뻬쩨르부르그의 사교계에 출입을 하기 시작했다. 사치스럽고 때론 천박한 뻬쩨르부르그의 사교계 생활을 맛본 그는 모스끄바에서 끼찌라는 귀엽고 순수한 아가씨와 처음으로 사귀게 되었다.
　셰르바쯔끼 집에서 돌아온 브론스끼는 끼찌를 떠올리며 흐뭇한 기분을 감출 수 없었다. '눈빛과 태도만 보아도 알 수 있어. 그녀는 나를 사랑하고 있는 거야. 얼마나 귀엽고 순수한 여인인지! 나 자신이 더 훌륭해지고 순결해진 느낌이야!'

브론스끼는 행복감에 도취되어 호텔에 돌아오자마자 깊은 잠에 빠져들었다.

이튿날 아침 11시 브론스끼는 어머니를 마중하기 위해 뻬쩨르부르그 기차역으로 나갔다. 그곳에서 그는 스쩨빤 아르까지이치를 우연히 만났다.

"아니, 브론스끼! 자넨 누구를 마중하러 온 거지?"

"난 어머니를 마중하러 왔네. 자네는 여기 무슨 일로 온 건가?"

"난 여동생 안나를 마중 나왔네."

"아, 까레니나 부인 말인가?"

"자네도 내 매제, 알렉세이 알렉산드로비치를 알고 있겠지? 그를 모르는 사람은 없겠지만 말이야."

"명석하고 학식 있는 사람으로 알고 있네. 하지만 나와는 좀 다른 사람이니······."

"그래, 훌륭한 사람인 건 분명하지. 좀 보수적이긴 하지만······. 참, 자넨 어제 셰르바쯔끼 댁에서 레빈을 만났나?"

"그래, 그런데 무슨 일인지 일찍 가버리더군. 예민하게 반응을 하고 화를 내는 것 같기도 했고."

"이유가 있었지. 그 친구는 행복과 불행 사이의 갈림길에 서있었거든."

"그게 무슨 소린가? 그가 어제 끼찌에게 청혼이라도 했단 말인가?"

"그랬을지도 모르지. 그가 일찍 가버렸고 또 기분도 좋아 보이지 않았다면 분명 그랬을 거야. 오래전부터 끼찌를 사랑했으니까. 나는 그가 안됐네."

"그랬었군. 하지만 끼찌는 더 나은 결혼상대를 얻을 자격이 있다고 난 생각하네." 브론스끼는 가슴을 펴며 이렇게 말하고는 걷기 시작했다.

멀리서 기차가 기적소리를 내며 플랫폼으로 들어오고 있었다.

"브론스까야 백작 부인께서 이 칸에 계십니다." 차장이 브론스끼에게 다가오며 말했다. 브론스끼는 차장을 뒤따라 객차 안으로 들어가려는 순간 먼저 내리는 어떤 귀부인에게 길을 비켜 주었다. 잠시 바라본 것만으로도 상류사회의 여인임을 바로 느낄 수 있는 외모였다. 그는 다시 객차 안으로 들어가려다가 그녀를 한 번 더 바라보고 싶은 충동을 느꼈다. 그가 뒤돌아보자 동시에 그녀 또한 고개를 돌렸다. 빛나는 두 눈과 보일 듯 말 듯한 미소를 띠며 그를 쳐다본 그녀는 곧 누군가를 찾는 듯 지나가는 사람들 쪽으로 시선을 돌렸다.

브론스끼는 객실 안으로 들어가서 어머니를 만났다.

"전보를 받았구나. 그래, 잘 지냈니?"

"예, 어머니. 여행은 어떠셨어요?"

그때 브론스끼와 객차 입구에서 마주쳤던 귀부인이 다

시 안으로 들어왔다.

"어떻게 됐나요? 오라버니를 찾았나요?" 브론스끼야 백작 부인이 귀부인을 향해 물었다. 그 순간 브론스끼는 그녀가 바로 까레니나 부인이라는 사실을 깨달았다.

"당신의 오라버님은 저와 함께 있었습니다." 그는 일어서면서 말했다. "미처 알아뵙지 못해 죄송합니다. 전에 잠깐 뵙긴 했지만 아마 저를 기억하지 못하실 겁니다."

"아니에요. 여기 오는 내내 백작 부인께선 당신 이야기를 하셨는데, 저야말로 당신을 알아뵈었어야 했어요. 그런데 제 오라버니가 어디 계신지 모르겠네요." 그녀는 사랑스럽고 생기있는 얼굴로 말했다.

"알료샤, 어서 나가서 그분을 부르렴."

백작 부인이 아들에게 말하자 브론스끼는 밖으로 나가 스쩨빤 아르까지이치를 불렀다. 그러나 까레니나 부인은 이를 기다리지 않고 다가가 오라버니를 안고 힘껏 키스를 했다. 곁에서 지켜보던 브론스끼가 놀랄 정도로 대담하면서도 우아한 모습이었다.

"참 사랑스런 부인이구나. 그녀의 남편이 나와 함께 앉도록 해주었단다. 그건 그렇고, 네게 애인이 생겼다고 하던데, 잘됐구나."

"어머니, 그게 무슨 말씀이세요, 이제 그만 가시지요." 아들은 애써 냉담하게 대답했다. 그때 까레니나 부인이 백작 부인에게 인사를 하러 다가왔다.

"부인께선 아드님을 만나셨고 저는 오라버니를 만났네요. 오는 내내 이야기를 해서 이제는 더 드릴 말씀도 없구요."

"무슨 소리를 그렇게 하세요. 당신과 함께 여행한다면 세상 어디를 다녀도 지루하지 않을 거예요. 브론스끼, 이분은 여덟 살 된 아들과 잠시도 떨어져본 적이 없어서 내내 아들 걱정을 하신단다."

이렇게 두 부인 간 작별인사가 끝나고 까레니나 부인은 브론스끼에게 손을 내밀어 악수를 청했다. 그리고는 뒤돌아 발걸음을 옮긴 지 얼마 되지 않았을 때 갑자기 요란한 호루라기 소리와 함께 사람들이 놀란 얼굴로 한쪽으로 달려가기 시작했다. 무슨 사고라도 난 게 틀림없었다.

"뭐야? 무슨 일이야?"

"사람이 기차에 치여 죽었대!"

여동생 안나와 팔짱을 끼고 있던 스쩨빤 아르까지이치는 브론스끼와 함께 사람들 뒤를 따라갔다. 철도 감시원이 후진하는 기차 소리를 듣지 못하고 기차에 치여 죽은 것이었다. 처참한 광경을 보고 온 스쩨빤 아르까지이치는 괴로운 표정으로 말했다.

"정말 끔찍한 일이군. 죽은 사람의 부인도 거기에 있었는데…… 차마 눈 뜨고 볼 수가 없었어. 그 사람은 식구도 많은데 혼자서 부양하고 있었다는군…….”

"그 부인을 위해 뭔가 할 수 있는 게 없을까요?"

안나가 안타까운 듯 말했다. 그러자 브론스끼는 그녀를 한 번 바라보고는 바로 객차에서 내렸다.

"곧 돌아올게요."

그는 잠시 뒤 돌아와 어머니와 함께 앞서 걸었다. 그들이 정거장의 출구까지 왔을 때 역장이 브론스끼에게 급히 다가왔다.

"실례지만 당신께서 조수에게 2백 루블을 주셨다는데 정확히 누구에게 전해 주어야 할지 분명히 알아야 할 것 같아서요…….”

"조금 전에 죽은 감시원의 부인에게 주세요."

"자네가 주었다고? 잘했군. 참 좋은 일을 했네." 스쩨빤 아르까지이치는 누이동생의 손을 꼭 쥐고 말했다. 두 사람이 밖으로 나왔을 때 브론스끼의 마차는 이미 떠나고 없었다. 스쩨빤 아르까지이치와 마차에 오른 안나는 입술을 떨며 간신히 눈물을 참고 있었다. 마침내 그녀가 말했다.

"불길한 징조예요."

"쓸데없는 소리! 네가 여길 방문해 주길 내가 얼마나 기대하고 있었는지 모를 거다."

"그런데 오라버니는 예전부터 브론스끼를 알고 있었나요?"

"그렇지. 그 친구는 아마 곧 끼찌와 결혼하게 될 거야."

"그래요?" 안나는 조용히 말하고선 곧이어 오라버니가 보낸 편지 내용을 떠올리며 최근 돌리와의 관계에 대해 물었다.

"안나, 지금은 네가 나의 유일한 희망이야."

"그러니 모든 걸 말해 주세요."

오블론스끼는 자초지종을 이야기하기 시작했고 안나를 집에 데려다준 뒤 다시 관청으로 마차를 몰았다.

안나와 돌리, 그리고 끼찌

 안나가 안으로 들어갔을 때 돌리는 아들 그리샤에게 프랑스어 읽는 것을 도와주고 있었다. 동시에 그녀는 뜨개질을 하면서도 곧 있으면 안나가 도착할 것을 잊지 않고 있었다. 어제 안나의 방문 따윈 안중에도 없다고 홧김에 남편에게 말하긴 했지만 뻬쩨르부르그의 고위 공직자의 부인이자 시누이를 아예 외면할 수는 없었던 것이었다. 하지만 돌리는 안나로부터 듣게 될 위로라든가 조언, 기독교적인 용서 등에 대해서는 신경쓰고 싶지 않았다. 돌리는 이런저런 생각을 하느라 미처 초인종 소리를 듣지 못하다가 문 쪽에서 옷자락 스치는 소리와 발소리를 내며 들어오는 안나를 보고는 놀라 일어섰다.
 "어머, 벌써 왔어요?" 그녀는 안나에게 키스하며 말했다.
 "돌리, 만나서 기뻐요."
 돌리는 자신을 동정하는 안나의 얼굴을 보았다. 그녀는

이미 남편과 자기 사이에 있었던 모든 일을 알고 있는 게 틀림없었다.

"아니, 이 애는 그리샤 아닌가요? 많이 컸네요. 그리고 너는 따냐로구나! 따냐도 많이 컸네. 이 애가 우리 아들 세료좌와 나이가 같지요?"

그녀는 조카들의 이름뿐만 아니라 생일, 성격까지도 모두 기억하고 있었다. 그런 그녀의 모습을 보며 돌리는 마음이 움직이지 않을 수 없었다.

아이들 방을 둘러본 안나는 돌리와 커피를 마주하며 응접실에 앉았다.

"언니, 오라버니한테서 얘기 들었어요. 난 오라버니 편을 들고 싶지도 않고 언니를 위로할 생각도 없어요. 단지 그냥 언니가 불쌍할 뿐이에요."

"위로할 필요는 없어요. 모든 게 다 끝난 일이니까요. 지금까지 그이가 알고 있는 여자는 나 하나인 줄 알고 있었어요. 그렇게 8년을 살았어요. 그런데…… 편지를 발견했지 뭐예요……. 알겠어요? 남편이 자기 정부에게, 바로 우리 집 가정교사에게 보낸 편지였어요. 정말이지 끔찍해요."

"오라버니는 어린 아이들에게 체면이 서지 않아 고심하고 있고, 또 언니를 사랑하면서도 슬픔을 안겨준 일로 고심하고 있어요."

"지금도 전 그리샤의 공부를 돌봐 주고 있어요. 그런데 무엇 때문에 애를 쓰면서 이러고 있는지 모르겠어요. 오직 증오심만이 끓어오르고 있어요."

"저는 오라버니의 성격을 잘 알아요. 잘 잊어버리는 성격하며 유혹에 잘 빠지는 성격을요. 하지만 언니 마음속에 아직 오라버니에 대한 애정이 조금이라도 남아있다면, 그렇다면 오라버니를 용서해 주시는 게 어떨까요?"

"용서하라구요? 만일 이런 일이 되풀이된다면 아가씨는 용서할 수 있겠어요?"

"그건 잘 모르겠어요……. 아니, 용서할 수 있어요. 물론 전과 같지는 않겠지만요."

"하긴 용서하려면 깨끗이 해야겠지요. 그렇지 않다면 용서가 아니겠지요. 아가씨가 와줘서 좋네요. 기분이 한결 나아졌어요."

그날 안나는 오블론스끼의 집에서 하루를 보냈다. 스쩨빤 아르까지이치는 집에서 식사를 했는데 서먹서먹하긴 했으나 돌리는 남편을 '여보'라고 부르기도 했다. 일말의 화해의 가능성이 엿보이는 순간이었다. 식사 후 끼찌가 찾아왔다. 끼찌는 안나에 대해 얼굴만 알고 있었지만 안나는 끼찌의 젊음과 아름다움에 끌린 모습이었고, 끼찌 역시 여덟 살 된 아들을 둔 사실이 믿기지 않는 안나를 보면서 마음에 들어 하던 차였다.

식사 후 돌리가 자기 방으로 들어가는 모습을 본 안나는 오라버니에게 다가가 말을 건넸다.

"어서 언니에게 가보세요. 하느님께서 도와주실 거예요."

오블론스끼가 돌리를 따라 방으로 들어가자 아이들과 어울려 응접실에 앉은 안나는 끼찌에게 물었다.

"이번에 무도회는 언제 열리나요?"

"다음 주예요. 그 무도회에 당신도 오시겠어요?"

"글쎄요, 가지 않을 수 없겠네요."

"참석하시겠다니 정말 기뻐요. 전 당신이 연보라색 드레스를 입고 오실 것 같아요."

"왜 연보라색이어야 하나요? 난 당신이 왜 나를 무도회에 부르는지 알 것 같은데요. 그 무도회에 큰 기대를 걸고 있기 때문에 모두들 참석하길 바라는 것 아닌가요?"

"어머나, 그걸 어떻게 아셨어요? 사실 그래요."

"아아, 지금이 정말 좋은 때예요. 오라버니가 조금은 얘기해 줬거든요. 축하드려요. 기차역에서 브론스끼 씨를 만났었어요."

끼찌는 얼굴을 붉혔다. 안나는 기차를 타고 오면서 백작 부인을 통해 들은 브론스끼에 대한 이야기를 끼찌에게 했다. 하지만 브론스끼가 기차역에서 사고로 죽은 감시원의 아내에게 전한 2백 루블 이야기는 하지 않았다. 어쩐지 그 일은 자신과 관계가 있는 것 같았고, 있어서는 안 되는 일처럼 여겨졌기 때문이었다.

차 마실 시간이 되자 돌리는 자기 방에서 나왔다. 돌리는 여느 때처럼 남편을 무시하는 듯 대했으나 오블론스끼는 비록 용서를 받고 자신이 저지른 잘못을 이내 잊어버릴 정도는 아니었지만 유쾌한 표정으로 함께 차를 마셨다. 밤 아홉 시 반 즈음 이러한 단란하고 오붓한 분위기를 깨는 벨소리가 울렸.

"이 시간에 누가 온 걸까요?" 돌리가 말했다.

"아마 관청에서 서류를 가져온 걸지도 몰라." 스쩨빤 아르까지이치도 한마디 했다.

안나는 계단 옆을 지날 때 마침 등불 옆에 서있던 방문객을 볼 수 있었다. 그는 브론스끼였다. 안나는 이상한 만족감과 동시에 알 수 없는 일종의 두려움을 느꼈다. 그는 외투도 벗지 않고 주머니에서 무언가를 꺼내려고 하던 참이었다. 안나가 계단 중간까지 갔을 때 브론스끼는 고개를 들어 그녀를 쳐다보고는 놀람과 동시에 부끄러운 표정을 지었다. 그녀는 고개를 약간 숙여 인사하고는 옆을 지나갔다. 뒤에서 들어오라는 오블론스끼의 목소리와 이를 사양하는 브론스끼의 목소리가 들렸다. 안나가 돌아왔을 때 브론스끼는 이미 가고 없었다. 오블론스끼의 말에 의하면 내일 있을 만찬에 대해 상의할 게 있어서 들렀다는 것이었다.

"그렇게 얘기해도 들어오려고 하지 않더군. 그 친구도 이상해."

끼찌는 얼굴을 붉히며 다음과 같이 생각했다.

'우리 집에 갔다가 내가 여기 있을 거라고 생각했을 거야. 하지만 시간도 늦었고, 안나도 있고 하니 들어오지 않았을지 몰라.'

대수롭지 않은 일일 수도 있지만 이 일을 뭔가 이상하고 좋지 않게 느꼈던 사람은 다름 아닌 안나였다.

무도회

 아름다운 꽃들로 장식된 계단을 화려한 조명이 비추는 가운데 끼찌와 어머니는 무도회에 참석했다. 장미꽃 장식에서부터 장밋빛 드레스, 장밋빛 무도화에 이르기까지 그녀의 의상은 눈이 부실 정도였다. 홀에 들어서기 전 어떤 노공작 부인이 끼찌의 구겨진 허리띠 리본을 고쳐 주려고 했을 때에도 그녀는 그것을 가볍게 거절했다. 지금 상태에서 더 이상 옷에 손댈 필요가 없다는 생각에서였다. 무도회장에 들어서자 끼찌는 유명한 무도회의 지휘자이자 의전관인 예고루쉬까 꼬르순스끼로부터 왈츠 신청을 받았다. 그녀는 왼손을 어깨에 얹고는 스텝을 밟기 시작했다.
 "가볍고 정확하게 춤을 잘 추시는군요." 의전관이 말했다. 춤을 추는 동안 끼찌는 오블론스끼를 보았고 검은색 벨벳 드레스를 입은 안나의 모습도 발견할 수 있었다.
 "어느 쪽으로 모실까요?"

"저기 까레니나 부인 쪽으로 가주세요."

의전관 꼬르순스끼는 능숙한 솜씨로 군중 사이를 헤치고 나아갔고, 끼찌는 얼굴이 상기된 채 안나를 찾아 보았다.

안나는 끼찌가 상상했던 연보라색 드레스를 입지 않고 단순해 보이는 검은색 드레스를 입고 있었다. 절제된 검은 색상의 드레스는 상아로 빚은 듯한 그녀의 풍만한 어깨와 가슴을 한층 돋보이게 만들고 있었다. 그제서야 끼찌는 비로소 그녀가 연보라색 드레스를 입을 필요가 없으며 안나의 매력은 화장이나 옷치장에 있지 않다는 것을 깨달았다. 드러나 보이는 것은 오직 생동하는 안나 자신뿐이었던 것이다.

"안나 까레니나, 저와 함께 왈츠를 추시겠습니까?"

꼬르순스끼가 춤을 청했다.

"전 춤을 추지 않아도 될 경우에는 가급적 춤을 추지 않기로 했어요."

"오늘만큼은 그렇게 안 될 겁니다." 꼬르순스끼가 대답했다. 그때 브론스끼가 다가와 안나에게 인사를 했다.

"꼭 춤을 춰야 한다면 할 수 없군요."

안나는 브론스끼의 인사를 무시하는 듯 지나치며 꼬르순스끼의 어깨에 손을 얹었다. 그 광경을 본 끼찌는 어째서 안나가 브론스끼에게 냉담한 태도를 보이는지 이해할 수 없었다.

브론스끼는 곧 끼찌 쪽으로 다가왔다. 끼찌는 그가 왈츠를 청하기를 기다리고 있었으나 신청하지 않자 놀라서 그를 쳐다보았다. 이를 눈치챈 그는 얼굴을 붉히며 급히 왈츠를 신청했지만 첫 번째 스텝을 옮기자마자 연주는 끝나고 말았다. 사랑스런 눈빛으로 브론스끼를 바라보았지만 그에게서 아무런 응답도 받지 못했다는 사실은 끼찌에게 괴로운 치욕으로 남아 그 후로도 오랫동안 그녀를 마음 아프게 했다.

브론스끼는 끼찌와 왈츠와 카드리유를 추었다. 춤을 추는 동안 별다른 말을 하지 않던 그는 레빈을 언급하면서 자기 마음에 든다고 말함으로써 끼찌의 아픈 상처를 건드렸다. 하지만 끼찌는 무엇보다 마주르카를 추기를 기대하고 있었다. 그녀는 브론스끼와 마주르카를 출 것을 기대했기 때문에 다섯 명의 젊은이로부터 춤을 거절한 상태였다. 하지만 더 이상은 거절할 수 없어 마지못해 한 젊은이와 카드리유를 출 때 끼찌는 안나와 춤추고 있는 브론스끼를 발견했다. 안나에게서 엿보이는 불타는 눈동자와 행복하고 상기된 미소, 우아하고 경쾌한 동작 등은 분명 남자를 사로잡은 여인에게서 나타나는 자신감의 발로였다.

'누구일까?'

끼찌는 안나의 마음을 사로잡은 남자가 누구일지 헤아려 보다가 브론스끼를 보는 순간 가슴이 철렁 내려앉았다.

그는 안나를 바라볼 때마다 마치 무릎을 꿇고 그녀로부터 간택받기를 염원하는 듯 근심 어린 표정을 짓고 있었다. 항상 당당하고 자신감 넘치던 그의 모습은 어디에서도 찾을 수 없었다.

이제 마주르카가 시작될 시간이었지만 끼찌는 이미 다섯 명의 신청자를 거절했기 때문에 마주르카를 출 상대를 구할 수도 없었다. 사정이 이렇게 되고 보니 그녀는 몸이 불편하다고 말하고 집으로 돌아갈 수밖에 없었으나 그럴 기력마저 상실하고 의자에 그대로 주저앉았다. 안나는 계속해서 춤을 추면서 눈을 가늘게 뜨고 끼찌의 손을 잡고 그녀를 향해 미소를 지었으나, 끼찌가 절망적인 표정을 짓고 있는 것을 보자 얼굴을 돌려 다른 부인과 이야기하기 시작했다.

'이분에게는 뭔가 악마적이면서 매력적인 데가 있어.' 그녀는 속으로 생각했다.

한편 안나는 더 이상 무도회에 남아있지 않겠다고 말했다. "떠나기 전에 조금은 쉬어야겠어요."

"당신은 정말 내일 떠나실 겁니까?" 브론스끼가 물었.

"네, 떠날 생각이에요."

그녀의 떨리는 눈과 미소는 브론스끼의 마음을 불타게 했다.

브론스끼의 유혹

 '그래, 나에겐 사람들이 싫어할 만한 뭔가가 있는 거야.' 셰르바쯔끼 댁에서 나온 레빈은 형님 집으로 가면서 이렇게 생각했다. 그는 행복해 보이고 훌륭한 심성을 지녔으며 침착한 브론스끼를 떠올렸다.

 '끼찌는 당연히 그를 선택하겠지. 도대체 무슨 생각으로 난 그녀에게 청혼을 했던 걸까? 이렇게 보잘 것 없는 내가······.'

 레빈은 문득 니꼴라이 형을 떠올리며 그를 찾아갈 생각을 했다. 형의 추잡한 사생활로 인해 그를 비난하고 무시하는 사람들이 많았지만 형의 속마음은 다른 사람들에 비해 나쁘지 않다고 레빈은 믿고 있었다. 레빈은 형이 묵고 있는 여관에 도착했다.

 "형, 접니다."

 "아, 꼬스쨔로구나! 너한테나 세르게이 이바노비치한테

나 편지를 통해 너희들을 모른다고 얘기했고, 또 더 이상 알고 싶지도 않다고 얘기했을 텐데." 니꼴라이는 동생을 알아보고는 반갑게 맞이하면서도 동시에 전혀 다른 표정을 지으며 이같이 말했다.

"전 그냥 형을 만나 뵙고 싶어서 왔습니다."

"아, 그래? 그럼 야식이라도 할까? 마샤, 3인분을 가져와. 저 여자는 내 인생의 동반자인 마리야 니꼴라예브나야. 내가 어떤 집에서 구해 줬지. 그녀를 사랑하고 있어."

레빈은 형이 잠시 자리를 비우자 마리야 니꼴라예브나에게 형과 함께 산 지 얼마나 되었는지를 물어보았다.

"2년 됐어요. 건강이 좋지 않아 걱정이에요. 계속해서 술을 드시니 몸에 해로울 수밖에요."

보드까를 연신 들이켜면서 세르게이 이바노비치에 대해 부정적으로 말하던 니꼴라이에게 레빈이 말했다.

"저는 형과 세르게이 이바노비치의 싸움에는 끼고 싶지 않아요. 형은 외적으로 바르지 못하고 세르게이 이바노비치는 내적으로 옳지 못하니까요."

"그래, 넌 그 점을 알고 있었구나!" 니꼴라이는 레빈의 말에 기분 좋은 듯 호응했다. 레빈은 그저 형과 세르게이 이바노비치가 좀 더 돈독한 관계가 되길 바랄 뿐이라고 말할 수밖에 없었다.

다음 날 아침 레빈은 모스끄바를 떠나 자신의 영지로 돌아왔다. 정거장에 내린 후 집으로 돌아갈 마부와 마차를 본 순간 레빈은 모스끄바에서 겪었던 좋지 못한 기억을 뒤로 한 채 차츰 마음의 평안을 되찾고 있었다.

"누가 뭐래도 내 집이 제일 좋군." 서재로 들어선 레빈은 책장과 난로, 아버지가 쓰시던 소파, 커다란 테이블, 손으로 일일이 적은 장부 등을 쳐다보면서 이런 과거의 생활로부터 과연 자신이 벗어날 수 있을지 의문이 생겼다. 모스끄바에서의 일은 평소 결혼을 인생의 가장 큰일로 생각하고 있던 레빈을 일시적으로 불안하고 소심하게 만들었지만 시골로 돌아온 그는 영지 경영과 미래의 가정생활을 상상하면서 점차 자신감을 회복하고 있었다.

한편 무도회가 끝난 뒤 안나가 모스끄바를 떠나 뻬쩨르부르그로 돌아가겠다는 전보를 남편에게 보낸 것은 다음 날 아침이었다. 오블론스끼는 안나를 전송하러 오겠다고 했다. 끼찌는 머리가 아프다며 나타나지 않았다. 고모가 도착하던 날 그렇게 좋아하던 아이들은 갑자기 고모와 노는 것에 관심을 보이지 않았다.

"언니는 왜 끼찌가 오지 않는지 아세요? 나를 질투하고 있는 거예요. 내가 모든 걸 망쳐 놓았거든요. 하지만 나는 잘못하지 않았어요. 잘못이 있다고 해도 조금밖엔 없어요."

"어머, 아가씨도 그이와 똑같은 말을 하는군요."

돌리가 웃으며 말하자 안나는 얼굴을 붉히며 말했다.

"난 오라버니와 달라요. 난 의심 살 만한 일은 조금이라도 참을 수 없어서 말하는 거예요."

안나는 이렇게 말하면서도 그게 진심에서 한 말이 아니라는 걸 느꼈다. 브론스끼를 생각하면 마음이 흔들려 예정보다 빨리 떠나려는 것이었다.

"아가씨가 브론스끼와 마주르카를 추었다고 남편한테서 들었어요. 하지만 브론스끼가 하루 만에 당신에게 반하는 그런 사람이라면 끼찌와의 이번 혼담은 차라리 깨지는 게 나을지도 모르지요."

"그렇지만 이번 일은 언니가 바로잡아 주시지 않겠어요?"

"그렇게 하지요. 아가씨가 저에게 해준 일도 있는데 어떻게 안 그러겠어요. 앞으로도 아가씨를 사랑하는 마음은 변하지 않을 거예요." 돌리와 안나는 서로 얼싸안고 작별의 인사를 나눴다.

'자, 이제는 모든 게 끝났어. 잘된 일이야.'

안나는 오라버니와 작별인사를 하고 기차에 오르면서 생각했다. '내일이면 세료좌와 알렉세이 알렉산드로비치를 만날 수 있겠구나. 그러면 전과 같은 생활로 돌아가는 거야.'

안나는 자그마한 빨간 손가방에서 페이퍼 나이프와 영국 소설을 꺼내 읽기 시작했다. 차창 밖 유리에 쌓이는 눈과 외투를 입고 지나가는 사람들, 눈보라 소리 등으로 안나는 정신이 산만해졌다. 책을 읽으면서도 무슨 뜻인지 이해하기 어려웠던 안나는 페이퍼 나이프로 창유리를 긁은 뒤 부드러우면서도 차가운 그 면에 뺨을 갖다댔다. 기차가 정거장에 가까이 왔다고 알리는 차장의 목소리를 듣고 그녀는 벗어 놓은 머플러와 숄을 하녀에게 집어 달라고 한 다음 문 쪽으로 걸어갔다.

"밖으로 나가시려고요?" 안누쉬까가 물었다.

"응, 여긴 너무 더워서 바람을 좀 쐬어야겠어."

안나는 눈보라가 몰아치는 밖으로 나가 차디찬 바깥바람을 쐬면서 플랫폼과 등불이 켜진 정거장을 둘러보고 있었다. 그때 군복 외투를 입은 한 남자가 그녀 옆에 나타났다. 바로 브론스끼였다.

"당신이 타고 계신 줄 몰랐어요. 무슨 일로 오신 건가요?" 그녀의 얼굴엔 저항할 수 없는 환희의 표정이 묻어났다.

"무슨 일로 왔느냐고요? 당신이 계신 곳에 함께하고 싶어서 왔습니다. 전 더 이상 달리 어떻게 할 수가 없었습니다." 그녀는 이성적인 판단으로는 듣기 두려웠지만 속으로는 전부터 듣고 싶었던 그 말을 브론스끼로부터 들었다.

"제 말씀이 불쾌했다면 용서하십시오." 브론스끼는 공손히 말했다.

"지금 하신 말씀은 잊어 주세요. 저도 잊겠어요." 한동안 아무 말도 하지 못하던 안나는 마침내 이렇게 대답했다. 기차로 되돌아온 그녀는 조금 전 있었던 일을 생각하면서 그 짧은 시간 동안의 대화가 자신과 브론스끼를 너무나 가깝게 만들었음을 깨달았다.

이윽고 기차는 뻬쩨르부르그 역에 도착했다. 기차에서 내린 안나가 남편을 보았을 때 무엇보다 그녀의 시선을 끌었던 것은 다름 아닌 그의 얼굴이었다. '세상에, 저이의 귀는 어쩌면 저렇게 생겼을까?' 분명히 전에는 깨닫지 못했던 그녀의 불만이었다.

브론스끼는 밤새도록 기차 안에서 잠을 이룰 수 없었다. 안나로 인한 행복과 흥분 때문이었다. 뻬쩨르부르그에 기차가 도착하자 그는 다시 한 번 안나를 보고 싶어했다. 하지만 그는 안나를 찾기 전에 사람들 사이로 역장의 안내를 받으며 오고 있는 그녀의 남편 알렉세이 알렉산드로비치를 발견했다. 브론스끼는 그제서야 비로소 안나가 결혼한 몸이라는 사실을 깨닫고 그에게서 불쾌함을 느꼈다. 브론스끼는 까레닌 부부가 처음 만나는 순간을 지켜보면서 남편에게 건네는 그녀의 무심한 어조 속에서 그녀의 권태를 느낄 수 있었다. '그래, 그녀는 남편을 사랑하고 있지 않아. 그럴 수도 없고.' 그는 까레닌 부부를 향해 다가가 인사를 했다.

"이쪽은 브론스끼 백작이에요." 안나가 그를 남편에게 소개했다.

"아, 이제야 생각났군. 우린 서로 구면이었지요. 보아하니 아내는 갈 때는 어머님과 같이 가고, 올 때는 아드님과 같이 온 것 같군요."

"댁을 방문할 수 있다면 영광이겠습니다."

"좋을 대로 하시지요. 우리는 월요일에 늘 손님을 맞이하니까요." 까레닌은 브론스끼에게 작별을 고하고 안나에게 말했다. "마침 30분이라도 시간을 내어 올 수 있어서 다행이었소. 당신을 마중하러 오는 내 자상함을 당신에게 보여줄 수 있었으니……." 그는 빈정거리듯 말했다.

"당신은 자신의 자상함을 너무 강조하시는군요." 그러고는 세료좌가 어떻게 지냈는지를 묻기 시작했다.

안나가 집에 돌아오는 걸 본 세료좌는 한달음에 달려가 엄마의 품에 안겼다. 그러나 안나는 그 순간 남편과 마찬가지로 아들에게서도 실망과 함께 일종의 환멸을 느꼈다. 그녀는 아들을 실제보다 더 좋게 상상하고 있었던 것이었다. 안나가 아들과의 생활을 실제 있는 그대로 즐기기 위해서는 그녀 자신이 현실로 되돌아올 필요가 있었다. 곧 익숙한 환경으로 돌아온 안나는 어제 있었던 브론스끼와의 일을 어처구니없는 일로 생각하고는 남편에게 이를 얘기할 필요성을 느끼지 못했다.

그날 밤 안나는 자신이 돌아온 사실을 알고 저녁 모임에 초대한 벳시 뜨베르스까야 부인을 방문하지도 않았고 예약해 놓은 극장을 찾지도 않았다. 많은 돈을 들이지는 않지만 평소 멋지게 옷을 해 입었던 안나는 자신이 주문했던 옷 수선이 원했던 방향으로 준비되지 않자 화가 났던 것이었다. 안나는 밤에 귀가한 남편에게 기차 안에서의 브론스까야 백작 부인과의 동행과 모스끄바 역에서의 불미스런 사고, 오라버니와 돌리와의 일 등을 얘기하기 시작했다.

"나 같으면 그런 사람을 용서하긴 힘들 것 같군. 비록 당신의 오라버니라고 해도 말이야……." 알렉세이 알렉산드로비치는 엄숙하게 말했다.

안나는 미소 지었다. 남편의 그러한 성격을 알고 있었던 것이다.

흔들리는 안나

 겨울이 지날 무렵 셰르바쯔끼 집안은 점점 쇠약해져 가는 끼찌의 건강 문제로 고민이 많았다. 그녀의 상태를 초기 단계의 결핵으로 진단하고 외국으로 요양을 떠날 것을 권고한 주치의는 다시 한 번 끼찌를 진찰하려 했다. 젊은 처녀로서 계속해서 남자 의사에게 몸을 내맡긴 끼찌는 수치심과 짜증이 뒤섞여 마침내 화를 내기에 이르렀다.

 "실례지만 선생님, 이런 진료는 아무런 도움도 되지 않아요. 벌써 세 번이나 같은 질문을 하지 않으셨나요?"

 의사가 떠난 후 돌리가 찾아왔다. 공작 부부는 여느 때처럼 실랑이를 벌이고 있었다.

 "난 그런 비열한 인간을 처벌할 수 있는 법은 도대체 왜 없는지 이해할 수가 없어요." 공작 부인이 말을 꺼내자마자 공작이 기다렸다는 듯이 맞받았다.

 "이번 일은 당신한테 잘못이 있어. 그런 법은 예전부터 있었고 지금도 있지. 우리 집에서 해선 안될 일을 하지만 않았다면 나라도 그놈한테 결투를 신청했을 거야. 그런 놈 때문에 생긴 병을 갖고 이제 와서 치료를 한답시고 돌팔이 의사나 부르다니……."

아버지가 방을 나간 후 돌리가 어머니에게 말을 꺼냈다.

"엄마, 실은 레빈이 끼찌에게 청혼하려고 했었어요. 그분이 남편에게 그 얘기를 했다던데요."

"그게 무슨 말이냐? 난 도무지 이해를 못하겠구나……."

"혹시 끼찌가 먼저 레빈의 청혼을 거절한 걸까요? 브론스끼만 아니었다면 그 애가 레빈의 청혼을 거절했을 리가 없을 텐데요……."

공작 부인은 자신이 딸에게 한 일로 인해 죄책감과 동시에 스스로 화를 냈다.

"이제는 정말 아무것도 모르겠다! 요즘 애들은 제멋대로 행동하니 엄마는 도무지 할 말이 없지 않니……."

"제가 끼찌한테 가서 얘기해 볼게요."

끼찌의 방은 갖가지 인형으로 장식된, 아담한 핑크색 방이었다. 그 방에 들어선 돌리는 끼찌에게 다가가 말하기 시작했다.

"끼찌, 그 사람은 네가 그 정도로 괴로워할 사람이 아니란다." 돌리는 단도직입적으로 끼찌에게 말하기 시작했다.

"그래요, 그 사람은 나를 철저히 무시했으니까요. 이제

더는 말하지 말아요. 더 듣고 싶지도 않으니 부탁이에요."

"얘기를 듣고 싶어서 그래. 혹시 레빈이 네게 청혼을 했었니?"

돌리가 레빈을 언급하자 끼찌는 의자에서 벌떡 일어나 소리쳤다.

"언니는 뭣 때문에 레빈 이야기를 하는 거예요? 난 자존심이 강해서 언니처럼은 하지 않을 거예요. 자신을 배신하고 다른 여자를 사랑한 남자에게 다시 돌아가지는 않겠다구요! 언니는 할 수 있을지 몰라도 난 할 수 없어요!"

끼찌는 이렇게 화를 내며 돌리를 쳐다보았다. 돌리는 다름 아닌 자신의 이야기를 동생을 통해서 듣자 한편으로 화가 나기도 했지만 이내 눈물을 흘리며 괴로워하고 있는 동생을 보며 같이 마음 아파 했다. 지금 동생의 슬픔은 레빈의 청혼을 거절한 일과 브론스끼에게 기만 당한 일 때문에 비롯된 것이며, 지금은 동생도 레빈을 사랑하고 브론스끼를 증오하고 있음을 돌리는 확신했다. 그 후로도 시간이 흘렀지만 끼찌의 병세가 차도를 보이지 않자 셰르바쯔끼 일가는 외국으로 여행을 떠나게 되었다.

뻬쩨르부르그의 사교계는 크게 세 종류의 그룹으로 나뉘어 있었다. 첫째 그룹은 까레닌이 속한 관료 위주의 모임이었고, 둘째 그룹은 리지아 이바노브나 백작 부인을 중심으로 한 신앙심 깊은 부인들과 학식과 명예를 중시하는 남성들이 중심이 된 모임이었다. 알렉세이 알렉산드로비치도 이 모임을 상당히 높이 평가하고 있었다. 안나는 이 모임에서 몇몇 사람들과 교제를 하기도 했지만 모스끄바를 다녀온 뒤로는 이 모임에서의 교제가 일종의 가식처럼 느껴져 출입을 삼가고 있었다. 마지막 그룹은 무도회와 만찬회, 화려한 의상으로 점철된 진짜 사교계 모임이었다. 안나는 사촌 올케인 벳시 뜨베르스까야 공작 부인을 통해서 이 모임과 관계를 맺고 있었다. 그녀는 이 모임에서 브론스끼를 만날 때마다 가슴 설레이는 기쁨을 맛보고 있었다. 브론스끼는 안나가 모습을 드러내는 곳이라면 어디든 따라다녔고, 기회 있을 때마다 그녀에게 사랑을 고백했다. 처음 얼마간은 자신을 쫓아다니는 브론스끼를 불쾌하게 여겼지만 그를 보게 되리라고 예상했던 어느 저녁 모임에서 그의 모습이 보이지 않았을 때 안나는 허전함을 감추지 못하면서 문득 지금껏 그녀가 스스로를 기만하고 있었음을 깨달았다. 그가 자신을 따라다니는 것이 불쾌하기는커녕 삶의 커다란 기쁨이었던 것이었다.

브론스끼는 처녀나 자유로운 상태에 있는 여성을 상대로 불행한 사랑을 하는 남성은 세상에서 웃음거리밖에 되지 않지만 유부녀를 상대로 이루어지기 어려운 사랑을 하는 남성은 진정 위대해 보이고 이는 절대 웃음거리가 될 수 없다는 사실을 잘 알고 있었다. 벳시 공작 부인이 주도

하는 사교 모임에 참석한 사람들은 어느 날 결혼에 대한 문제를 화제로 이야기를 시작했다.

"내가 아는 행복한 결혼이란 신중하고도 분별력 있는 결혼이에요."

"일리 있는 말씀이지만 그렇게 신중한 결혼도 곧 먼지처럼 사라지고 말지요. 인정하기 어려운 열정이 샘솟는 법이니까요." 브론스끼가 한마디 했다.

"내가 말하는 신중한 결혼이란 양쪽이 방탕한 생활을 겪은 후를 말하는 거예요. 그건 일종의 성홍열이나 마찬가지지요. 누구나 한번은 겪고 또 극복해야 하는 일이고요. 난 젊은 시절 집사를 사랑한 적도 있었어요."

"사랑을 알려면 실수를 하고 그 후에 고쳐나가야지요." 벳시 부인은 이렇게 말하고는 희미한 미소를 입가에 지으며 대화를 듣고 있던 안나에게 물었다.

"당신은 어떻게 생각하시나요?"

"제 생각엔……" 벗어 놓은 장갑을 매만지면서 안나는 말을 이었다. "제 생각엔…… 사람들이 많은 만큼 생각하는 게 여러 가지일 수 있고, 마음도 여러 가지인 만큼 사랑도 여러 가지인 것 같아요."

안나가 무슨 말을 할지 마음 졸이며 지켜보던 브론스끼는 마치 큰 걱정이 사라지기라도 한 듯 안도의 한숨을 내쉬었다. 안나는 갑자기 브론스끼를 돌아보았다.

"모스끄바에서 편지가 왔어요. 끼찌의 몸 상태가 굉장히 좋지 못한 것 같아요."

"정말입니까?" 브론스끼는 눈살을 찌푸리며 물었다.

"당신은 이 일을 대수롭지 않게 생각하시는 건가요?"

"아니, 정말 놀랐습니다. 편지에 뭐라고 씌어 있었는지 들려주셨으면 합니다만……."

"저는 명예롭지 못하다는 게 정말 무엇을 의미하는지 남성들이 이해를 못하고 있다고 생각해요."

"난 지금 무슨 말씀을 하고 계신지 모르겠는데요."

"당신의 처사는 옳지 못했어요. 그것도 아주 많이 잘못됐어요."

"내 행동이 잘못됐다는 걸 내가 지금 모르고 있다고 생각하십니까? 내가 그렇게 행동한 것은 도대체 누구 때문인지 아시나요?"

"왜 나한테 그렇게 묻는 거죠?"

"왜 묻는지 아실 텐데요."

브론스끼는 대담하고 오히려 즐거운 듯 말했다. 당황한 쪽은 오히려 안나였다.

"난 당신이 모스끄바에 가서 끼찌한테 사과하길 바라요."

"당신은 그걸 바라지 않을 텐데요." 브론스끼가 답했다.

"당신이 정말 나를 사랑한다면 내 마음이 편안해지도록 해주세요." 안나는 속삭였다.

"당신은 내 삶의 전부입니다. 앞으로 당신과 나 사이에는 절망이나 더없는 행복이 있을 뿐 마음이 편안해질 수는 없습니다. 당신과 내가 더없는 행복과 희열을 함께 누릴 수는 없을까요?"

안나는 애정 어린 시선으로 그를 지긋이 바라보면서 더 이상 아무 말도 하지 않았다.

'그녀는 나를 사랑하고 있어!' 브론스끼는 기뻐하며 속으로 생각했다. 안나가 말했다.

"그럼 나를 위해 앞으로 다시는 그런 말을 하지 말고 친구로 남아 주세요."

"우리는 친구 사이가 될 수 없습니다. 당신 스스로 알고 있을 텐데요. 우리가 행복해질지, 불행해질지 여부는 당신 손에 달렸습니다. 저로 인해 당신이 괴로우시다면 다시는 당신 앞에 나타나지 않겠습니다."

"나는 당신을 쫓아내고 싶지는 않아요."

"그럼 아무것도 바꾸지 말고 모든 걸 지금 있는 그대로 두세요. 저기, 댁의 부군이……." 다소 떨리는 목소리로 브론스끼가 말했다.

그 순간 알렉세이 알렉산드로비치가 조용하면서도 어색한 걸음걸이로 방에 들어왔다. 그는 아내와 브론스끼 쪽을 흘끗 바라본 후 여주인에게 농담조로 말하기 시작했다.

"웬만한 사교계 사람들은 전부 이곳에 모인 것 같군요."

알렉세이 알렉산드로비치가 자리를 잡은 후에도 브론스끼와 안나는 여전히 작은 테이블에 앉아 있었고, 이를 보다 못한 어떤 부인이 말을 꺼냈다.

"아무래도 이건 좀 지나치군요."

알렉세이 알렉산드로비치는 반 시간쯤 더 머문 뒤 안나에게 돌아가자고 했지만 그녀는 남편을 쳐다보지도 않은 채 만찬에 남아 있겠다고 대답했다. 그는 손님들에게 인사를 하고는 나가 버렸다.

밤이 깊은 시각 타고 갈 마차 앞에서 안나는 모피 망토의 고리 끝에 걸린 레이스를 작고 빠른 손으로 만지며 브론스끼의 말에 귀 기울이고 있었다.

"내게 필요한 것은 우정이 아닙니다. 내 인생엔 단 하나의 행복이 있을 뿐입니다. 당신이 그렇게 싫어하는 그것은…… 바로 사랑입니다."

"사랑" 천천히 속으로 반복하던 그녀는 별안간 고리에 걸린 레이스를 풀면서 이렇게 말했다. "내가 그 말을 싫어하는 이유는 사랑이란 말이 내게 너무 많은 걸 의미하기 때문이에요. 당신이 이해하는 것보다 훨씬 더 많은 걸 의미해요."

안나는 그에게 손을 내밀고는 빠른 걸음으로 그를 지나 마차를 타고 사라졌다. 그녀의 시선과 그녀의 손이 남긴 촉감은 그를 불타오르게 하기에 충분했다. 그는 그녀의 손이 닿았던 자신의 손에 입맞춤했다.

불륜의 시작

아내와 브론스끼가 단둘이 앉아 이야기하던 모습을 떠올리던 알렉세이 알렉산드로비치는 아내의 행동을 부적절하다고 생각하지는 않았다. 다만 응접실에 모여 있던 사람들에게 안나의 행동이 적절치 못한 처신으로 비친 것을 깨달은 그는 아내에게 그 점을 주지시켜야겠다고 생각하고 있었다. 그는 서재에 들어가 밤 1시가 될 때까지 책을 읽었으나 그때까지도 안나는 귀가하지 않고 있었다. 그는 문득 자신의 아내가 다른 남성을 사랑할지도 모른다는 사실을 인식하고는 고민하기 시작했다. '무슨 일이 일어난 건가? 아무것도 아니지 않은가? 이런 식의 질투는 아내에 대한 모욕이나 마찬가지다.' 그러나 까레닌은 응접실에 들어서면서 뭔가가 일어나고 있다고 확신하기에 이르렀다. '아내가 이미 겪었고, 지금 겪고 있는 감정의 문제는 그녀의 양심의 문제이지 나와는 관계없는 일이다. 내가 해야 할 일은 분명하다. 한 집안의 가장으로서 아내에게 충고를 해야만 한다. 첫째, 여론과 예의범절에 대해 상세히 설명하고, 둘째, 결혼의 종교적 의미에 대해 설명하며, 셋째, 아들에게 불행이 야기될 수도 있음을 주지시키고 마지막으로 그녀 자신도 불행해질 수 있음을 언급하는 것이다.' 이렇게 결심한 그는 양손을 깍지 끼고 손을 쭉 뻗어 손가락 관절 소리를 냈다. 손가락을 꺾는 습관은 언제나처럼 그를 편안하게 만들었으며 지금까지의 그의 생각에 정확성을 더해주었다. 그로서는 이 시점에서 꽤 유용한 버릇이었다.

곧이어 계단을 가볍게 올라오는 안나의 발걸음이 들렸다. 그녀의 얼굴은 밝고 환하게 빛나고 있었다.

"아, 아직 주무시지 않았네요? 이상한 일이네요."

그녀는 후드를 벗고 그대로 탈의실로 가면서 말했다.

"안나, 당신과 할 말이 있소."

"저한테요?" 안나는 놀라서 물었다. "무슨 일인데 그러세요? 꼭 해야 한다면 말씀하세요. 지금은 피곤해서 잠을 자는 게 더 좋긴 하지만요." 안나는 능숙하게 거짓말을 하고 있는 자신에 대해 스스로 놀라고 있었다.

"안나, 당신한테 경고할 게 있소."

"경고라고요? 무슨 말씀을 하시는 건가요?"

안나는 너무나 태연히 그를 쳐다보면서 말을 했기 때문에 까레닌이 안나를 아는 만큼 그녀에 대해서 알지 못하는 사람은 그 누구도 그녀에게서 부자연스런 면을 발견하지 못할 정도였다. 그러나 안나는 평소에 남편이 5분만 늦게 잠자리에 들어도 그 이유를 물었던 사람이었고, 모든 기쁨과 슬픔에 대해서 그 즉시 남편과 대화를 하던 여인이었다. 그렇기 때문에 지금 그녀가 보여 주는 행동은 남편의 마음 상태에 대해 그녀가 전혀 신경을 쓰고 있지 않다는 것을 보여 주는 하나의 방증에 지나지 않았다.

"당신에게 경고해둘 게 있소. 부주의한 행동으로 인해 당신이 사교계에서 불미스런 화제가 되지 않았으면 하오. 당신은 오늘 밤 브론스끼 백작과 너무 친근하게 대화를 한 나머지 사람들의 이목을 끌었단 말이오."

그는 말하면서 안나가 눈웃음 짓는 것을 보았다. 이해할 수 없는 그 눈빛을 보며 그는 두려워졌고 자신이 하고 있는 말의 무기력함을 느꼈다.

"당신은 늘 그러시죠. 제가 지루해하는 걸 싫어하시다가도 제가 즐거워하는 것 역시 달갑게 여기지 않으시니까요. 저는 오늘 지루하지 않았어요. 그게 당신을 화나게 한 건가요?"

알렉세이 알렉산드로비치는 한차례 몸을 떨더니 손가락을 꺾기 위해 손을 구부렸다.

"아, 제발 손 좀 꺾지 마세요. 난 그게 정말 싫어요." 안나가 말했다.

"안나, 정말 당신 이런 사람이었소? 당신도 알다시피 나는 질투심 따위에 휘둘리지는 않는 사람이오. 내가 아니라 그 자리에 있던 사람들이 받은 인상으로 판단하건대 오늘 당신의 행동은 바람직하지 못했소."

"무슨 말씀인지 도무지 모르겠네요." 안나는 어깨를 으쓱하며 말했다. '이이는 관심이 없는 거야. 다만 다른 사람들이 알고 수군대는 것 때문에 나한테 이러는 거겠지.'

"당신 감정의 세세한 부분에 대해서까지 참견할 권리는 내게 없소. 당신의 감정은 어디까지나 당신 양심의 문제요. 하지만 나는 당신과 나 자신, 그리고 신에 대한 당신의 의무에 관해서는 지적할 필요가 있소. 당신과 나의 삶은 사람이 아니라 신에 의해서 맺어진 삶이오. 따라서 이 결합을 끊는 것은 죄악이고 그러한 죄악은 항상 가혹한 형벌을 동반하는 법이오."

"이해할 수 없는 말씀만 하시네요. 이젠 졸려서 더 이상 안 되겠어요……." 그녀는 머리 속을 헤쳐 고정핀을 찾으면서 말했다.

"내가 말하려던 것을 끝까지 들어 줬으면 좋겠소. 나는 당신을 사랑하고 있소. 나는 지금 혼잣말을 하고 있는 게 아니오. 여기서 중요한 사람은 우리의 아들과 당신 자신이오. 이 모든 게 내 오해에서 비롯됐다면 나를 용서해 주시오. 하지만 내가 한 말에 조금이라도 근거가 있다면 당신도 한번 생각해 보길 바라오."

"저는 더 이상 할 말이 없어요. 게다가…… 벌써 잠자리에 들었어야 할 시간이에요."

알렉세이 알렉산드로비치는 한숨을 내쉰 후 아무 말도 하지 않고 침실로 들어갔다. 안나가 침실에 들어갔을 때 그는 입을 굳게 다문 채 그녀를 쳐다보지 않았다. 곧이어 남편의 코고는 소리가 들렸다.

'늦었어. 이미 늦었어.'

그녀는 미소 지으며 중얼거렸다.

그날 이후 까레닌 부부에게는 이전과는 다른 새로운 생활이 시작됐다. 별다른 일이 일어난 것은 아니었다. 안나는 늘 그랬듯이 사교계에 나갔고 어디서든지 브론스끼를 만나고 다녔지만 알렉세이 알렉산드로비치는 아무것도 할 수 없었다. 그는 터놓고 아내와 얘기하길 원했지만 그녀의 마음속에 쌓인 장벽으로 인해 그것마저 할 수 없었다.

한편 지난 일 년 가까이 브론스끼의 모든 희망을 대신했었던 욕망이자, 안나로서는 상상할 수도 없었던 불가능으로 인해 더욱 매력적이었던 욕망이 서로 뒤엉켜 절정을 이룬 순간 브론스끼는 창백한 얼굴로 어떻게 해야 할지 모르면서 안나를 진정시키고 있었다.

"안나, 안나, 제발……."

그러나 그의 목소리가 커지면 커질수록 그녀는 수치심

에 고개를 더욱더 아래로 떨구었다.

"하느님, 저를 용서하소서!" 그녀는 손을 가슴에 대고 흐느끼며 울었다. 자신의 죄가 너무나 크다는 것을 깨달은 그녀는 자학하며 용서를 구할 도리 밖에 없었다. 이제 자신의 인생에는 브론스끼 밖에 없다고 생각한 그녀는 그에게도 용서를 구하려 했으나 그를 보며 육체적 굴욕을 느끼자 아무 말도 할 수 없었다. 브론스끼는 안나를 보면서 마치 자신이 직접 생명을 앗아간 살인자가 되어 그 시신을 쳐다보는 느낌이었다. 그가 생명을 앗아간 이 시신이 그들의 사랑이었고, 그들 사랑의 첫 단계였다.

"모든 게 끝났어요. 이제 내겐 당신 말고는 아무것도 없어요. 이걸 잊지 마세요." 안나가 말했다.

"내 인생의 전부를 결코 잊을 수 없을 거요. 이 행복한 순간을 위해서……."

"행복이라고요!" 안나는 끔찍하다는 듯이 소리쳤다. "더 이상 아무 말도 하지 마세요." 안나는 반복해서 말하고는 이해할 수 없는 냉소적인 절망에 휩싸여 그의 곁을 떠났다.

레빈의 전원생활

모스끄바에서 돌아온 레빈은 끼찌로부터 청혼을 거절당한 기억을 떠올릴 때마다 수치심에 얼굴을 붉히면서 몸서리를 쳤지만 그럴 때마다 시간이 지나면 모든 것이 해결될 것이라고 생각하면서 스스로 위안을 삼고 있었다. 하지만 석 달이 지나도록 그는 좀처럼 마음을 안정시키기 어려웠다. 그러나 영지에서 보내는 시간이 점점 많아지고 노동에 힘을 쏟으면서 끼찌에 대한 생각은 점차 줄어들게 되었다.

그러는 동안에 영지에도 봄이 찾아왔다. 봄은 레빈의 몸과 마음을 한층 더 들뜨게 했고, 생동하는 봄은 레빈이 쓸쓸하기만 했던 과거를 잊고 시골에서의 생활을 새롭게 다짐하는 계기가 됐다. 그러던 중 친형 니꼴라이와 함께 있던 마리야 니꼴라예브나로부터 형이 위독하다는 편지를 받은 레빈은 모스끄바로 가서 형을 의사에게 진찰받게 하고 그를 외국의 온천 지역에서 요양하도록 조치를 취하고 돌아왔다. 레빈은 형의 기분을 거스르지 않은 채 모든 일을 잘 마무리하고 돌아온 사실에 스스로 흡족해했다. 다시 영지로 돌아온 레빈은 많은 관심을 필요로 하는 농사일에 각별한 주의를 기울였고, 지난 겨울부터 구상했던 농촌 경영에 관한 책을 저술하는데 정성을 쏟았다. 농부들이 하고 있는 일들을 세세히 둘러보고 감독하던 레빈은 잘 마무리된 밭갈이를 보면서 흐뭇해했고, 개울을 건너면서 물오리를 깜짝 놀라게 하기도 했다. 평소 사냥에 관심이 많던 레빈은 마침 도요새 사냥 생각을 하면서 서둘러 귀가하던 중 집 근처에서 말방울 소리를 들었다.

"역에서 누가 왔나? 혹시 니꼴라이 형이 온 건 아닐까?" 레빈은 말을 몰고 바깥쪽으로 나아갔다. 세 필의 말이 이끄는 썰매를 타고 온 모피 외투의 신사는 바로 스쩨빤 아르까지이치였다.

"야아, 이거 반가운 손님이 왔군! 정말 반갑네!" 레빈이 그를 보며 말했다.

"여기 와서 자네를 보는 게 첫 번째 목적이고, 철새 사냥이 두 번째 목적, 그리고 예르구쇼보의 산림을 팔아 버리는 게 세 번째 목적이야."

"그래, 그래, 아무튼 자네가 와줘서 정말 반가워." 레빈은 오블론스끼를 방으로 안내하고는 서둘러 저녁 식사 준비를 지시했다. 허브를 넣은 브랜디, 빵과 버터, 버섯 요리, 화이트소스를 버무린 닭고기, 크림반도산 화이트 와인 등 모든 것이 훌륭했다.

"아주 좋군, 아주 좋아!" 스쩨빤 아르까지이치는 구운 고기를 먹은 뒤 시가에 불을 붙이며 말했다. "자넨 행운아야. 자넨 자네가 좋아하는 모든 걸 가지지 않았나. 말들도 있고, 개들도 있고, 사냥도 할 수 있고, 농사일까지 말이야."

"그건 아마도 내가 가지고 있는 것에서 기쁨을 느끼고 내가 가지지 못한 것에 대해서는 조바심을 내지 않기 때문이겠지." 레빈은 끼찌를 생각하면서 이렇게 말했다.

식사를 마친 레빈과 스쩨빤 아르까지이치는 도요새 사냥에 나섰다. 이미 해는 숲 너머로 지고 있었다. 레빈이 앞에 펼쳐진 백양나무 숲 위로 날아가고 있는 새를 보고 조준하려는 순간 스쩨빤 아르까지이치가 먼저 방아쇠를 당겼다. 잠시 후 숲 속에서는 계속해서 총소리가 들렸고 도요새들은 재빨리 시야에서 사라져 버렸다. 사냥 결과는 매우 훌륭했다. 스쩨빤 아르까지이치는 두 마리를 더 잡았고, 레빈도 두 마리를 쏘아서 한마리를 잡은 상태였다.

"이제는 돌아가야 하지 않나?" 오블론스끼가 갑자기 물었다.

"조금만 더 기다리세." 레빈은 대답했다. 그들은 서로 15보 정도 떨어져서 거리를 유지하고 있었다.

"스찌바!" 갑자기 레빈이 물었다. "왜 자네는 처제가 결혼을 했는지, 아니면 언제 하게 될 건지에 대해서 얘기를 하지 않는 거지?"

그러자 오블론스끼로부터 의외의 답변이 돌아왔다.

"처제는 결혼을 생각한 적도 없고, 결혼을 생각하지도 않고 있네. 게다가 그녀는 지금 건강이 몹시 좋지 않아서 의사의 권고로 외국에서 요양 중이네. 살 수 있을지 걱정하고 있을 정도라네."

"뭐라고?" 레빈은 놀라 소리쳤다. "그렇게 아프단 말인가? 도대체 어디가 아픈 건가? 어떻게 그녀가……."

그러나 바로 그때 날카로운 새 울음소리가 들리자 둘은 재빨리 총을 잡아 들었다. 두 개의 섬광이 번쩍임과 동시에 두 발의 총성이 들렸다.

"굉장한데, 동시에 맞히다니!" 레빈은 이렇게 외치면서 사냥개 라스까와 함께 도요새를 찾으러 뛰어갔다. 그러면서 레빈은 생각했다. '끼찌가 아프다니…… 유감이군.'

집으로 돌아오면서 레빈은 끼찌의 병세와 셰르바쯔끼 집안의 계획에 대해서 스쩨빤 아르까지이치에게 자세히 물었다. 인정하고 싶지는 않았지만 그는 얘기를 들으면서 기분이 나아졌다. 그에게 아직 희망이 있다는 사실과, 무엇보다 그를 그토록 괴롭혔던 그녀가 괴로워하고 있다는 사실에 기분이 나아졌던 것이었다. 하지만 스쩨빤 오블론스끼가 끼찌의 병의 원인을 말하면서 브론스끼를 언급하자 레빈이 말했다.

"난 남의 가정일에 대해 알 권리는 없다고 생각하네. 사실 관심도 없고."

"자넨 랴비닌과 산림문제를 다 끝낸 건가?" 레빈이 화제를 바꿔 물었다.

"그래. 다 해결했네. 가격이 괜찮아. 3만 8천 루블이거든. 아무도 그보다 더 주겠다는 사람은 없었네."

"그래도 그건 산림을 거저 준 거나 마찬가지네."

"어째서 거저 준 거나 마찬가지라는 거지?"

"그 산림은 그 이상의 가치가 있으니 하는 말일세."

레빈의 만류에도 불구하고 스쩨빤 오블론스끼는 결국 랴비닌에게 산림을 매각했다. 헐값에 산림이 팔리는 걸 눈 앞에서 지켜본 레빈은 기분이 상했다. 그는 이 매각이 오블론스끼를 상대로 한 일종의 사기행각이라고 생각했고, 그러한 계약이 자신의 집에서 이뤄진 사실에 더욱 화가 났다. 레빈과 오블론스끼는 식사를 마쳤다. 레빈은 자신의 기분을 억제하려고 했지만 우울한 기분을 떨칠 수 없었고 말수도 적어졌다. 오블론스끼에게 하고 싶은 질문이 있었던 레빈은 갑자기 입을 열었다.

"그런데 말이야, 브론스끼는 지금 어디에 있나?"

"브론스끼? 브론스끼는 뻬쩨르부르그에 있지. 자네가

떠나자마자 곧 그도 떠났네. 그 이후론 한번도 모스끄바에 나타나지 않았어. 이보게, 자네한테 단도직입적으로 말하겠네만 내가 자네라면 나는 당장 모스끄바로 가겠네. 그리고……." 스쩨빤 오블론스끼의 말을 레빈이 끊고 말했다.

"아니, 자네가 아는지 모르겠네만 난 끼찌에게 청혼했다가 거절당했네. 지금 끼찌의 이름은 내게 괴롭고 굴욕적인 기억일 뿐이야."

"어째서? 그런 소리는 집어치우게."

"그 일은 이제 그만 얘기하세. 나 때문에 불쾌했다면 용서하게. 내게 화난 건 아니겠지? 스찌바." 레빈은 웃으면서 그의 손을 잡았다.

"물론 아니지. 서로 터놓고 얘기해서 오히려 좋은데. 아침 사냥도 좋은데 해보지 않겠나?"

"좋아."

경마 시합

 안나와의 사랑으로 인해 브론스끼의 마음속은 넘치듯 솟아나는 새로운 정열로 가득 차있었다. 하지만 그가 속한 사교계 생활과 군대에서 그는 예전과 다름없는 생활을 유지하고 있었다. 연대 안의 모든 사람들은 그를 좋아하고 존경했으며, 그를 자랑으로 여기고 있었다. 상당한 재산과 교양, 재능을 갖추었으면서도 자기가 속한 연대와 동료를 우선시하는 그였기에 가능한 일이었다. 브론스끼는 안나와의 관계를 비밀에 부쳤지만 그들의 관계에 대한 이야기는 온 시중에 퍼지고 있었다. 대부분의 젊은 남성들은 명망 있는 고위 공직자를 남편으로 둔 유부녀와의 사랑으로 인한 사회적 파장을 생각하며 브론스끼를 부러워했고, 젊은 부인들 대다수는 그동안 고결한 부인으로 인식됐었던 안나를 향해 비난의 화살을 퍼부을 태세였다.
 브론스끼의 어머니는 아들과 안나의 관계에 대해 처음

에는 만족했던 게 사실이었다. 이 일은 장래가 촉망되는 젊은 청년의 연애생활에 하나의 방점을 찍는 일이라고 생각했던 것이었다. 그러나 브론스끼가 경력상 매우 중요한 자리 제의를 거절한 채 단지 안나와의 만남을 위해 연대에 남기로 결정했고, 이로 인해 상관의 반감을 사게 됐다는 사실을 알고 난 뒤 그녀는 아들의 문제에 대해 다시 생각하게 되었다. 그녀는 브론스끼가 모스끄바를 떠난 후 한동안 그를 보지 못했기 때문에 자기를 찾아오도록 큰아들에게 말을 전했다. 브론스끼의 형 역시 동생과 안나의 관계를 좋지 않게 평가하고 있던 참이었다.

이러한 상황에서 브론스끼가 관심을 기울였던 일이 바로 승마였다. 그는 말에 관한 한 열렬한 애호가였다. 때마침 장교들을 대상으로 장애물 경마대회가 개최될 예정이었는데 이 대회를 위해 그는 영국산 순종 암말을 구입하기까지 했다. 안나에 대한 사랑과 승마에 대한 열정을 그는 적절히 병행해서 즐기고 있었다.

장애물 경마대회가 개최된 날 브론스끼는 보통 때보다도 일찍 일어나 연대의 장교클럽 식당에 비프스테이크를 먹으러 갔다. 그는 오늘 경기 후 안나와의 만남을 기대하고 있었다. 그는 사흘이나 그녀를 보지 못한 상태였고 까레닌이 외국에서 돌아왔기 때문에 오늘 그녀와 만날 수 있을지 확신이 서지 않는 상황이었다. 까레닌의 별장에 발을 들여놓고 싶지 않았던 브론스끼는 안나를 보고 싶은 나머지 고민에 빠졌다. '그래, 사촌누이 벳시의 부탁을 받고 오늘 안나가 대회에 올 수 있는지를 물으러 왔다고 하면 되겠구나.' 브론스끼의 얼굴이 비로소 환해졌다. 그때 친구 뻬뜨리쯔끼가 편지와 메모를 그에게 전했다. 어머니를 방문하지 않은 것에 대한 지적과 상의할 것이 있다는 형의 메모였다. 브론스끼는 크게 신경쓰지 않은 채 자신의 말을 보러 마굿간에 들렀다.

"프루프루는 상태가 어떤가?" 그가 영어로 물었다.

"괜찮습니다만 망을 씌워 놓아 예민해져 있으니 지금은 가시지 않는 게 좋습니다." 영국인 조련사가 대답했다. 그는 자신의 혈통 좋은 말을 지켜보면서 경쟁자 마호찐의 말인 글라지아또르를 흘끗 쳐다보았다. 흰 다리를 가진 거대한 밤색 말로 프루프루의 경쟁마였다. 브론스끼는 다시 자신의 말을 향해 다가가 목을 어루만지고 갈기를 쓰다듬어 주었다.

"자네만 믿네. 여섯 시 반까지 경기장으로 오게." 그는 이렇게 지시하고는 안나를 향해 마차를 몰았다.

마차가 움직이기 시작하자 소나기가 퍼붓기 시작했다.

'이런! 가뜩이나 질퍽한 땅이 이제는 아예 늪이 되겠군.' 브론스끼는 생각했다. 그는 사람들의 이목을 피해 현관이 아닌 정원으로 가서 거기 있던 정원사에게 물었다.

"주인나리는 집에 계신가?"

"아직 오시지 않았습니다. 하지만 부인은 계십니다." 정원사의 대답을 들은 브론스끼는 안나를 놀라게 할 생각으로 테라스 쪽으로 조용히 발걸음을 옮겼다. 테라스의 계단을 오르면서 브론스끼는 문득 그녀의 아들 세료좌를 떠올렸다. 의심스런 눈초리와 적의에 찬 시선을 자신에게 보내곤 하던 아이였다. 그는 안나의 아들이 안나와 자신과의 관계에 장애물이라는 사실을 인정하지 않을 수 없었다. 안나는 아직 집에 돌아오지 않은 아들을 테라스의 한쪽 구석에 앉아 기다리고 있었다. 흰 드레스를 입은 안나는 브론스끼가 온 것을 미처 알아채지 못했다. 그녀의 머리, 목, 손 등 그녀의 모든 것을 바라보는 브론스끼의 얼굴은 환희로 가득 차있었다.

"갑자기 찾아온 것을 용서해 줘요. 당신을 보지 않고서는 하루를 지낼 수가 없었어요."

"뭘 용서하라는 거지요? 난 정말 기쁜데요."

"안나, 무슨 생각을 하고 있었죠?"

"난 늘 한 가지 생각만 하는 걸요."

그녀는 진실을 말했다. 무슨 생각을 하고 있는지 그녀가 같은 질문을 받았다면 언제라도 그녀는 행복과 불행, 이 한 가지 생각이라고 답했을 것이다. 그녀는 지금 같은 생각을 하고 있었다. 예를 들어 벳시(안나는 그녀와 뚜쉬께비치와의 비밀스런 관계를 알고 있었다)에게는 아무 일도 아닌 이런 관계가 왜 자신에게는 이토록 괴로운 일인지에 관해 고민하고 있었다.

"어서 말해 줘요. 그게 뭔지를……."

"얘기해도 될까요?"

"어서요." 그녀의 손을 잡으며 그가 재촉했다.

"난…… 당신의 아이를 가졌어요."

안나는 조용히 말했다. 그녀가 만지고 있던 나뭇잎은 한층 더 떨렸으나 그녀는 그가 어떤 반응을 보이는지 보기 위해 그에게서 눈을 떼지 않았다. 브론스끼는 얼굴이 창백해져 아무 말이 없었다. 잠시 후 그녀의 손을 내려놓은 그는 그녀의 가슴에 자신의 얼굴을 묻었다. 마침내 브론스끼가 입을 열었다.

"이제 우리의 운명은 결정됐습니다. 이제는 정말 끝을 내야 해요."

"끝낸다구요? 뭘 어떻게요?" 그녀가 물었다.

"남편 곁을 떠나 우리 함께 하나가 되는 겁니다."

"지금 우린 하나예요."

"완전히 하나가 되어 사는 거예요. 서로 완전히 말예요."

"하지만 어떻게 하신다는 거예요? 난 남편이 있는 사람인데, 어떻게 벗어날 수 있을까요?"

"어떤 상황에서든지 방법은 있습니다. 결단을 내려야

해요. 나는 당신이 세상과 당신 아들, 당신 남편에 대해서 얼마나 괴로워하고 있는지 알아요."

"아니, 남편에 대해서는 그렇지 않아요. 그 사람은 존재하지 않아요. 하지만 그이는 아무것도 모르고 있어요." 안나의 눈에는 부끄러운 눈물이 흘러내렸다. "그이에 대해서는 얘기하지 말아요."

"남편에게 모든 걸 말하고 떠나는 겁니다."

"좋아요. 하지만 그렇게 말하고 나면 남편은 내게 이렇게 말할 게 틀림없어요. 당신은 다른 남자를 사랑하고 그와 관계를 맺는 죄악까지 저질렀소." 안나는 남편의 말투를 흉내내면서 말을 계속했다. "나는 종교적, 사회적, 가정적으로 이 일의 결과가 어떻게 될지에 대해 당신에게 경고한 바 있소. 이제는 더 이상 내 명예를 더럽히게 할 수는 없소." 안나는 다시 덧붙여 말했다.

"그래도 남편에게 우리의 관계에 대해 말해야 합니다."

"그런 다음에는 어떻게 하려고요? 도망치기라도 해야 하나요?"

"도망쳐도 상관없지요. 난 더 이상 당신이 괴로워하는 걸 원치 않아요."

"도망치면 난 당신의 정부가 되겠군요." 그녀는 화가 나서 말했다.

"안나!"

"그래요, 당신의 정부가 되어 모든 걸 파멸시킬지도 몰라요……."

브론스끼는 그토록 강한 성격의 안나가 왜 자신이 처한 상태에서 벗어나려 하지 않는지 이해할 수 없었다. 그는 그 원인이 바로 그녀의 아들 때문임을 미처 생각하지 못했다.

그때 아들의 목소리가 들리자 안나는 재빨리 자리에서 일어나 브론스끼에게 입을 맞추고는 아들을 마중하러 나갔다. 브론스끼는 경마 시합에 늦지 않도록 서둘러 경마장으로 향했다.

경마장에 도착한 브론스끼는 미처 안장을 검사하기도 전에 기수들의 순번을 정하기 위한 호출을 받았다. 시합에 참가하는 17명의 장교들이 번호표를 뽑았다. 브론스끼는 7번을 배정받았다. 그는 다소 긴장된 상태에서 자신의 말 쪽을 향해 다가갔다. 영국인 조련사가 그에게 말했다.

"어서 타시면 덜 흥분될 겁니다. 서두르지 마시고 한 가지만 주의하세요. 장애물에 접근하면 고삐를 당기거나 늦추지 마시고 말이 하는 대로 맡겨야 합니다."

"그래, 알았어." 브론스끼는 고삐를 잡고 말했다.

출발신호가 떨어지자 출발선에 어렵게 정렬했던 말들이 일제히 달리기 시작했다. 시작부터 흥분한 상태에 있던 프루프루는 출발 타이밍을 놓치는 바람에 선두를 빼앗겼으나 개울에 다다르기 전에 쉽게 세 마리를 앞질러 나아가기 시작했다. 개울을 넘고 나서부터 브론스끼는 프루프루를 제대로 통제하기 시작했다. 그가 강력한 경쟁자 마호찐의 글라지아또르를 제칠 생각을 하자 프루프루도 속력을 내 마호찐 쪽으로 접근하기 시작했다. 이내 브론스끼는 선두에 서서 달리고 있었다. 그는 곧 자신의 승리를 확신했다. 남은 것은 하나의 장애물 밖에 없었다.

"브라보! 브론스끼!"

장애물 옆에 있던 연대 소속 친구들이 소리 높여 외치는 소리가 그의 귀에 들렸다. 말의 어깨와 목은 땀으로 흠뻑 젖었으며, 갈기와 머리, 귀에도 땀방울이 맺혔다. 말은 도랑은 보지도 않고 마치 새처럼 훌쩍 뛰어넘었다. 그러나 그 순간 브론스끼는 자신이 말과 보조를 맞추지 못한 채 돌이킬 수 없는 끔찍한 실수를 저질렀음을 깨달았다. 어떻게 된 일인지 정확히 파악하기도 전에 흰 다리를 한 밤색 글라지아또르가 순식간에 옆을 지나쳐 갔다. 브론스끼의 한쪽 발이 땅에 닿았고 그의 말이 그 발 위로 넘어졌다. 그는 간신히 발을 빼냈지만 말은 목을 흔들며 허우적거렸다. 브론스끼의 실수로 인해 말이 넘어지면서 등뼈가 부러진 것이었다. 사람들과 위생병, 연대의 장교들이 그에게 달려왔다. 브론스끼 자신은 무사했지만 등뼈가 부러진 프루프루는 사살할 수밖에 없었다. 충격적인 일을 겪은 그는 반 시간 후에야 제 정신을 차릴 수 있었으나 이 경마 시합은 그에게 오래도록 괴로운 기억으로 남았다.

알렉세이 알렉산드로비치 까레닌과 안나의 관계는 외적으로는 변함없었다. 뜨베르스까야 공작 부인의 모임 후 안나에게 경고를 했던 까레닌은 자신의 의심과 질투에 대해 안나에게 더는 말하지 않고 있었다. 그는 모든 의혹 너머 자신이 배신당한 남편이라는 사실을 마음속 깊이 깨닫고 있었다. 까레닌이 경마장에 나타났을 때 안나는 이미 벳시와 함께 상류층 관람석에 앉아 있었다. 그녀는 모습을 드러낸 남편이 권력자들의 시선을 끌려고 애쓰는 모습을 보면서 혐오감을 느꼈다.

'오직 출세욕뿐이야. 고매한 사상이나 문화에 대한 사랑, 종교 모두 출세를 위한 도구일 뿐이야.' 그러나 그녀는 남편이 자신을 찾고 있는 것을 깨닫자 일부러 그를 못 본 척하고 있었다.

곧 경마가 시작됐다. 알렉세이 알렉산드로비치는 경마에 흥미가 없었기 때문에 달려 나가는 기수들에겐 관심이 없었다. 그의 시선은 안나를 향했다. 그는 경기가 진행되면서 전력 질주하고 있는 브론스끼에게 정신이 팔려 있는 안나의 모습을 뚜렷이 볼 수 있었다. 브론스끼가 낙마했을 때 안나는 큰 소리로 비명을 질렀다. 그녀는 완전히 자제력을 상실한 듯 몸부림치기 시작했고 벳시에게 뭔가 중얼거리기도 했다. 그러자 알렉세이 알렉산드로비치가 안나에게 다가가 점잖게 손을 내밀었다.

"당신만 좋다면 같이 갑시다." 그는 프랑스어로 말했다. 그러나 안나는 곁에 있던 장군의 말에 귀 기울인 탓에 남편의 말을 듣지 못했다.

"난 당신한테 다시 한 번 내 손을 내밀겠소. 만일 가고 싶다면." 알렉세이 알렉산드로비치는 이렇게 말했지만 안나는 쳐다보지도 않은 채 대답했다.

"아니, 그냥 내버려 두세요. 난 남아 있겠어요."

그때 한 장교가 관람석 쪽으로 달려와 브론스끼는 부상당하지 않았지만 말의 등뼈가 부러졌다는 소식을 전했다. 그 말을 들은 안나는 털썩 주저앉아 부채로 얼굴을 가렸다. 흐느끼는 안나를 보며 알렉세이 알렉산드로비치는 세 번째로 손을 내밀었다. 벳시 공작 부인이 안나를 바래다 주겠다고 말했지만 까레닌의 단호한 어조에 안나는 마지못해 이끌려 나왔다. '죽은 걸까? 괜찮은 걸까? 사실일까? 그가 올 수 있을까? 오늘 그를 볼 수 있을까?' 그녀는 생각했다. 그녀는 까레닌과 함께 마차에 올랐다. 그가 말문을 열었다.

"이 말을 반드시 해둬야겠소. 오늘 당신의 처신은 대단히 점잖지 못했소."

"어떤 점이 그렇다는 거죠?" 안나는 결연한 표정으로 그를 쳐다보며 큰소리로 되물었다.

"기수 중 한 명이 낙마한 것을 보고 표출됐던 당신의 그 절망감 말이오. 바람직하지 못한 당신의 처신은 두 번 다시 되풀이되지 않기를 바라오. 혹시 내가 잘못 생각했다면 용서를 빌겠소." 그는 말했다.

"당신은 잘못 생각한 게 아니에요. 나는 절망하지 않을 수 없었어요. 당신의 말을 듣고는 있지만 난 그이를 생각하고 있어요. 난 그를 사랑해요. 난 그의 정부이기도 하고요. 난 참을 수가 없어요. 난 당신이 두렵고, 당신을 증오해요." 안나는 이렇게 말하고 두 손으로 얼굴을 가린 채 흐느껴 울기 시작했다. 알렉세이 알렉산드로비치의 얼굴은 굳어져 마치 죽은 사람처럼 조금도 요동치지 않았다. 집에 가까이 도착하자 그는 굳은 표정으로 안나에게 고개를 돌려 말했다.

"좋소. 하지만 도덕적으로 잘 처신하길 기대하겠소." 까레닌의 목소리는 다소 떨렸다. "내 명예를 지킬 수단을 강구하고 그것을 당신에게 알릴 때까지 말이오." 그는 먼저 마차에서 내려 그녀가 내리는 것을 도와주고는 다시 마차에 올라 뻬쩨르부르그로 떠났다.

끼찌의 요양 치료, 레빈의 노동

 셰르바쯔끼 가족 일행은 독일의 작은 온천 도시로 요양을 갔다. 끼찌는 그곳에서 만나는 다른 사람들을 보면서 '그들은 누구일까, 무엇을 하는 사람일까'라고 상상하는 버릇을 갖고 있었다. 그중에서 끼찌의 이목을 끈 사람은 바렌까라는 러시아 처녀였다. 쉬딸 부인과 함께 이곳으로 온 그녀는 어딘지 모르게 마치 한창때를 지나 향기가 없어진 꽃과 같은 분위기를 갖고 있는 여자였다. 끼찌는 이 여인을 보면서 그녀와 교제를 나누고 싶어했다. 셰르바쯔끼 가족이 이 지역에 도착한 지 얼마 되지 않아 두 사람이 새로 도착했다. 큰 키에 구부정한 허리를 하고 있으며 눈매가 무서운 러시아 남성과 볼품없는 옷차림을 하고 있지만 선량해 보이는 얼굴의 러시아 여인이었다. 고객 명부를 통해 그들이 니꼴라이 레빈과 마리야 니꼴라예브나라는 사실을 알아낸 셰르바쯔끼 공작 부인은 그가 얼마나 나쁜 사람인지를 끼찌에게 설명하기 시작했다. 낯선 이들에 대해 아름다운 상상을 즐겨하곤 했던 끼찌는 이 말을 듣고 갑자기 기분이 불쾌해지기 시작했다.

비가 내리던 어느 날 끼찌 일행이 온천장에서 집으로 돌아가려고 할 때 갑자기 고함을 지르는 소리가 들렸다. 니꼴라이 레빈이 의사의 치료방법에 불만을 품고 욕설을 퍼부으며 지팡이를 휘두르고 있었던 것이었다. 그때 바렌까가 침착하게 다가가 그들을 자제시키고 동행했던 마리야 니꼴라예브나를 위해서 통역을 하는 모습을 보면서 끼찌는 더욱더 바렌까에게 친밀감을 느끼게 됐다. 바렌까가 노래를 잘 부른다는 소문을 들은 공작 부인은 그녀에게 집으로 와서 노래를 불러 달라고 부탁했다. 악보에 있는 곡을 노래하던 바렌까는 반주를 하고 있던 끼찌에게 다음 곡인 이탈리아 가곡을 하지 말고 빼달라고 부탁했다. 노래에 얽힌 남다른 사연이 있음을 눈치챈 끼찌는 다음 곡으로 넘어가려고 했지만 바렌까는 다시 원래대로 그 곡을 아름답게 노래했다. 노래를 마치고 바렌까와 얘기를 나누면서 끼찌는 그녀에게 사랑하는 남성이 있었으나 그 남성의 어머니의 반대로 그가 다른 여성과 결혼했다는 사실을 알게 되었다. 끼찌가 그녀에게 물었다.

"당신은 누군가가 당신의 사랑을 무시하고 당신과 결혼하지 않은 사실 때문에 화나지 않으셨나요?"

"그 사람은 나를 무시한 게 아니었어요. 나는 그가 나를 사랑했다는 걸 믿고 있어요. 단지 그는 착하고 순한 남자여서……."

"하지만 그가 어머니 뜻대로 한 것이 아니라 자기 뜻대로 다른 사람과 결혼했다면……." 이렇게 말하던 끼찌는 문득 자신의 이야기를 하고 있음을 깨닫고 부끄러워 얼굴을 붉혔다.

"만일 그랬다면 그의 행동은 올바르지 못하니 그런 사람한테는 더 이상 미련을 갖지 않겠어요."

"하지만 상처받은 모욕은 어떻게 하지요? 전 제가 겪은 그 치욕을 견딜 수가 없어요." 끼찌는 마지막 무도회에서 음악이 멈췄을 때 자신의 모습을 회상하며 말했다.

"나는 그 사람을 미워하고 있어요. 용서할 수 없어요."

"왜 그렇지요?"

"수치 때문이지요. 그건 모욕이었어요!"

"아, 만약 모든 사람들이 당신처럼 예민하다면……." 바렌까가 말했다. "세상에 그런 일을 겪지 않은 사람은 없을 거예요. 그리고 그런 일은 그리 중요하지 않아요."

"왜요, 그럼 뭐가 중요한 거죠?"

"더 중요한 일은 얼마든지 많아요." 바렌까가 미소 지으며 대답했다.

끼찌는 바렌까와 더 깊은 교제를 나누면서 많은 것을 배웠다. 그녀는 자기가 배운 모든 것을 부인하지는 않았지만 자신이 되고자 했던 사람이 될 수 있다고 가정하는 순간 스스로를 기만하고 있음을 깨닫게 되었다. 그녀는 위선과 허영심 없이는 자신이 올라가려고 했던 정점에 계속 서 있기가 불가능함을 느꼈다. 더구나 슬픔과, 아프고 죽어가는 사람들로 가득한 이 세상의 음울함을 새삼 깨닫게 되었다. 그녀는 신선한 공기 속으로, 러시아로, 언니 돌리가 아이들과 함께 가있는 예르구쇼보 마을로 가고 싶어졌다. 끼찌는 바렌까와의 애정을 뒤로 한 채 러시아로 돌아갔다. 그녀는 전처럼 생기발랄하지는 않았지만 마음만큼은 평온했다. 모스끄바에서 겪었던 괴로움은 이제 하나의 추억이 되었다.

한편 정신적인 일로부터 벗어나 쉬고 싶었던 레빈의 큰형 세르게이 이바노비치 꼬즈느이셰프는 습관처럼 외국에 가지 않고 시골에 있는 동생의 집을 방문했다. 레빈은 형의 방문을 반가워하면서도 한편으로 같이 지내는 것을 불편하게 생각했다. 레빈에게 있어서 시골은 분명 노동을 하는 공간이었지만 세르게이 이바노비치의 생각에 시골은 그저 유유자적하며 시간을 보낼 수 있는 한가한 공간에 불과했다. 가뜩이나 농사일로 바쁜 여름철에 해야 할 일이 산적했지만 형은 그저 풀밭에 누워 한가하게 이야기하기를 좋아했다. 형제는 풀밭 쪽으로 가기 위해서 숲을 가로질러야 했다. 세르게이 이바노비치는 꽃망울을 피우려는 보리수와 나무들 새싹을 가리키며 연신 숲의 아름다움에 감탄하고 있었다. 레빈은 자연의 아름다움에 대해 얘기하고 듣는 것을 그리 좋아하지 않았다. 형과 얘기를 나누면서 레빈은 속으로 농부들과 함께 풀베기를 할 생각을 하고 있었다.

'육체적인 노동을 해야겠어. 그렇지 않으면 내 성격마저 못쓰게 되겠는걸.' 이렇게 생각한 그는 형이나 농부들 앞에서 불편하더라도 풀베기를 해야겠다고 결심했다. 레빈은 형에게도 이 사실을 말했다.

"내일부터 풀베기를 시작하려고 해요."

세르게이 이바노비치는 호기심 어린 표정으로 그를 쳐다보며 물었다.

"이를테면 어떻게 한다는 거냐? 농부들하고 똑같이 한다는 거냐? 하루 종일?"

"예, 즐거운 일이에요." 레빈이 답했다.

"그것 참 좋구나. 육체적으로 단련시키는 일이니. 다만 네가 잘 견뎌낼 수 있을지 모르겠구나."

"이미 해봤어요. 처음엔 힘들었지만 이내 익숙해졌거든요. 도중에 그만두지는 않을 거예요."

"정말이냐? 하지만 농부들이 너를 어떻게 생각할까? 분명히 이상한 주인 양반으로 볼 텐데."

"아니요, 난 그렇게 생각하지 않아요. 이 풀베기 일은 즐거우면서도 동시에 힘겨운 일이거든요. 생각할 틈이 없어요."

레빈은 농부들과 함께 풀베기를 시작했다. 무더위 속에서 그의 온몸을 적신 땀은 그를 시원하게 했고, 등과 머리, 팔을 그을리며 내리쬐는 태양은 그에게 강인함과 불굴의 힘을 더했다. 레빈은 하고 있는 일에 대해서 이성적으로 생각하는 게 불가능할 정도로 무의식 상태가 되었고, 그러한 상태는 점점 더 자주 찾아왔다. 낫이 저절로 풀을 베고 있었다. 레빈은 흐르는 땀을 닦고 신선한 공기를 가득 마시며, 풀 베는 농부들의 행렬과 숲에서 일어나는 일들을 지켜보았다. 행복한 순간이었다.

집에 돌아온 레빈은 스쩨빤 아르까지이치로부터 온 편지를 읽었다. 편지에는 돌리가 현재 예르구쇼보에 가있고, 그녀의 상황이 좋지 못하다는 것과 그녀를 찾아가서 조언을 해달라는 부탁의 내용이 함께 적혀 있었다. 스쩨빤 아르까지이치는 관직의 업무상 뻬쩨르부르그로 가서 여러 사람들을 만나고 다녔다. 그에게는 지극히 자연스럽고 근본적인 일이었지만 그런 일이 없다면 업무 자체가 불가능한 일이기도 했다. 스쩨빤 아르까지이치가 집에 있는 돈을 쓰면서 경마와 여름 별장에서 지내는 일에 유쾌한 시간을 보내는 동안 돌리는 가능한 한 비용을 절약하기 위해서 아이들과 함께 시골로 내려갔다. 결혼할 때 지참해서 가져온 재산이었던 예르구쇼보로 내려간 것이었는데 올 봄 산림이 팔린 바로 그곳이었다. 스쩨빤 아르까지이치는 자상한 아버지와 남편이 되려고 노력했지만 아내와 자식이 있다는 사실은 독신 취향을 즐기고 싶어 하는 그에게 방해가 되는 것이 사실이었다. 그는 처자식과 떨어져 지내게 된다는 사실을 내심 기뻐하며 돌리에게 직접 지내게 될 집을 둘러보고 손볼 곳을 모두 고치고 왔다고 말했지만 막상 돌리가 자녀들과 예르구쇼보에 내려갔을 때 집과 정원은 모두 낡고 황폐한 상태여서 생활하는데 많은 어려움을 겪을 수밖에 없었다. 레빈이 돌리를 찾아간 것은 그 즈음이었다.

"스찌바로부터 편지를 받고 당신이 이곳에 계시다는 걸 알았습니다."

"스찌바로부터요?" 돌리는 뜻밖이라는 듯 물었다.

"예, 그가 알려 주었지요. 스찌바는 내가 뭔가 당신에게 도움을 줄 수 있을 거라고 생각하고 있어요."

마땅히 스찌바가 해결해야 할 집안 문제를 자신에게 요청한 사실 때문에 돌리가 불쾌해질지 모른다는 사실을 깨달은 레빈은 당황해하면서 말수를 줄였다. 돌리는 그의 이러한 세심한 이해심을 좋아하고 있었다. 식사를 한 후 그들은 끼찌에 대해 얘기를 하기 시작했다.

"끼찌가 이곳에 와서 저와 여름을 지낼 계획인데, 혹시 알고 계셨나요?"

"그렇습니까?" 레빈은 얼굴을 붉히고는 이내 화제를 바꾸려고 했다. 레빈은 속으로는 끼찌에 대해서 더 자세한 소식을 듣고 싶었지만 동시에 그것이 두렵기도 했다. 청혼 거절로 인한 괴로움과 그 괴로움 끝에 얻게 된 마음의 안정이 다시금 흔들릴까 두려웠던 것이었다.

"끼찌의 건강은 좋아졌습니까?"

"예, 완전히 회복된 것 같아요. 그런데 어째서 당신은 끼찌에게 화를 내고 계신가요?"

"제가요? 전 끼찌에게 화를 내고 있지 않습니다." 레빈이 대답했다.

"그럼 왜 당신은 모스끄바에 오셨을 때 우리 집과 끼찌 집에 들르시지 않았지요?"

"그걸 아실 만한 분이 어떻게 그렇게 말씀하시는지 이해할 수 없군요. 전 끼찌에게 청혼했다가 거절당했습니다."

"저는 대충 짐작만 했지 내막은 모르고 있었어요."

"이제는 다 알게 되셨군요."

"남자들은 결혼할 때가 되면 상대방을 면밀히 관찰하고 확신이 선 다음에 청혼을 하지만 여자들은 어지간해서는 선택의 여지가 없고 '네.' 아니면 '아니오.'라고 대답하는 게 보통이에요.

'그래, 나는 브론스끼와 비교를 당한 거야.' 레빈은 그 당시의 괴로운 심정이 되살아났다.

"선택은 이미 끝났습니다. 그쪽이 더 나았던 거지요. 다시 반복할 수는 없는 노릇입니다."

"끼찌는 당신과 브론스끼 사이에서 혼란스러웠던 거예요. 저는 브론스끼를 좋게 평가하지 않았었는데 결국 일이 이렇게 되고 말았군요."

마음이 편치 않아 더 이상 머무르기가 불편했던 레빈은 돌리에게 작별인사를 한 뒤 마차를 타고 떠났다.

7월 중순경 레빈은 자신의 영지인 뽀끄롭스꼬예에서 20베르스따 가량 떨어진 곳에 있는 누님의 영지로 떠났다. 그곳에서 수확된 건초더미를 확인하고 건초의 매매가를 새로 산정한 레빈은 농부들과 아낙네들이 활기차게 건초를 나르는 모습을 보며 신선한 자극을 받았다. 아낙네들은 노래를 부르면서 레빈 쪽으로 다가왔고 건초 매매 문제로 레빈을 속이고 실랑이를 벌였던 농부들 역시 악의 없이 일하고 있는 모습이었다. 모두가 즐거운 노동이라는 바다에 빠진 듯 했다. 레빈은 현재의 황량하고 인위적이고 게으르며 개인적인 생활을 버리고 노동이라는 순수하고 즐거운 생활을 지향하는 일이 온전히 자기 자신에게 달려있음을 분명히 깨달았다. 레빈은 풀밭에서 나와 큰길 쪽으로 걸음을 옮겼다. 미풍이 부는 회색빛 하늘 아래 레빈은 멀리서 다가오는 마차 소리를 들었다. 레빈은 자신에게서 40보 가량 떨어진 곳에서 지나가고 있는 마차 안을 무심코 바라보았다. 마차 안에는 나이 든 부인이 졸고 있었고 그 곁에는 젊은 여인이 리본을 두른 흰 모자를 손에 들고 밖을 내다보고 있었다. 그녀가 레빈을 알아본 순간 그녀의 얼굴은 기쁨으로 환해졌다. 그가 이 모습을 놓칠 리 없었다. 세상에 그녀와 같은 눈은 다시 없었다. 그의 인생을 환하게 비쳐 주고 그에게 인생의 의미를 확고히 부여해줄 수 있는 유일한 존재가 거기에 있었다. 그녀였다. 바로 끼찌였다. 그는 끼찌가 예르구쇼보로 가고 있음을 알았다. '나는 그녀를 사랑하고 있어.' 레빈은 생각했다.

까레닌의 편지

 알렉세이 알렉산드로비치는 상당히 냉정하고 분별력 있는 사람이었지만 어린아이나 여인들의 눈물을 보면 판단력이 흐려지는 약점을 갖고 있었다. 경마 시합 후 집으로 돌아오는 마차 안에서 안나의 고백을 듣게 된 까레닌은 그녀에 대한 분노를 느낌과 동시에 그녀의 눈물로 인해 정신적인 혼란을 겪어야 했다. 그는 이 일을 전적으로 그녀의 잘못으로 돌리면서 자신은 전혀 잘못이 없다고 단정지었다. 또한 그녀를 이미 존재하지 않는 사람으로 여기면서 브론스끼와의 결투를 생각하기도 했다. 그러나 죄 없는 자신이 결투로 희생될 수 있다는 데 생각이 미치자 결투는 무의미하다는 결론을 내렸다. 안나와의 이혼 역시 자신의 사회적 위치를 고려할 때 비방거리밖에 되지 않는다고 생각한 알렉세이 알렉산드로비치는 자신이 취할 방법은 한 가지라고 생각했다. 그것은 애인과의 관계를 끊는다는 전제 조건 아래 그녀를 계속해서 자신의 곁에 두는 것이었다. '그래, 시간이 지나면 모든 것이 잘 해결되겠지. 나는 불편을 느끼지 않을 정도로 회복될 것이다. 당연히 그녀는 불행해져야 해. 그러나 나는 죄가 없으므로 불행해질 수는 없다.' 이렇게 생각한 알렉세이 알렉산드로비치는 안나에게 다음과 같은 편지를 써 보냈다.

> 나는 모든 일을 심사숙고한 끝에 다음과 같이 결심하였소. 당신이 어떤 일을 저질렀다 해도 하느님에 의해 맺어진 우리의 결합을 끊을 권리는 내게 없소. 우리들의 결혼 생활은 이전처럼 유지되어야 하오. 이것은 나와 당신, 그리고 우리 아들을 위해서도 필요한 일일 거요. 나는 당신이 지난 일을 뉘우치고 내게 협력해 주리라 믿고 있소. 만일 그렇게 하지 않을 경우 당신과 당신 아들을 기다리는 것이 무엇인지는 당신 스스로 짐작하리라 믿고 있소. 당신이 조속히 **뻬쩨르부르그**로 돌아오기를 바라오.
>
> A. 까레닌

안나는 마차 안에서 브론스끼에 대한 자신의 감정을 남편에게 고백한 그날 저녁 브론스끼를 만난 자리에서 남편과의 일을 말하지는 않았다. 모든 것을 남편에게 고백한 이상 이제는 더 이상의 거짓과 위선이 없는 자신을 위로하며 스스로 홀가분하게 여겼던 그녀였지만 하룻밤을 지내고 난 그녀에게 찾아든 것은 두려움이었다. 남편이 자신을 내쫓는 것은 아닌지, 수치스런 불명예가 온 세상에 알려지는 것은 아닌지 두려웠던 것이다. 다만 자신이 처한 이런 상황 속에서도 자신만의 세상이 있다는 사실이 조금은 위로가 되었다. 자신만의 세상이란 다름 아닌 아들이었다. 남편이 자신을 비난하고 내쫓는다 해도, 브론스끼가 자신을 냉담히 여긴다 해도 아들을 버릴 수는 없었다. 그녀는 여름 별장을 떠나 모스끄바로 돌아갈 준비를 하면서 남편에게 아들을 데리고 떠나겠다는 내용의 편지를 썼으나 이내 그에 대한 분노로 인해 편지를 찢어 버렸다. 짐을 싸고 돌아갈 채비를 하는 안나에게 남편으로부터 다시 편지가 왔다. 귀가에 필요한 모든 것을 준비해 놓았으며, 자신의 희망대로 일이 진행되기를 기대하고 있다는 내용이었다. 안나는 문득 자신이 처한 상황을 바꿀 힘이 없으며 지금껏 누려 왔던 사회적 지위에 대해 새삼 되돌아보게 되었다. 언젠가 탄로나게 될 수치스런 관계, 남편을 속인 죄 많은 여인으로 낙인 찍히게 될 것이라는 사실이 그녀를 괴롭게 했다.

브론스끼는 경박한 사교계에 발을 들여놓고 있었지만 그렇다고 자신의 생활을 무질서하게 방치하는 사람은 결코 아니었다. 재정문제에 관한 한 그는 일 년에 다섯 번 정도 결산을 하는 습관이 있었다. 그는 자신에게 만 7천 루블이 넘는 부채가 있고 수중에는 단지 천 8백 루블만이 있을 뿐 새해까지 새로 들어올 돈이 한 푼도 없다는 사실을 알게 됐다. 브론스끼 같은 자산가에게 그 정도의 부채는 보통 때 같으면 전혀 문제가 되지 않을 사안이었지만 지금은 사정이 달랐다. 아들이 안나와의 관계를 지속하고 있는 것에 대해 부정적인 시각을 갖고 있던 브론스끼의 어머니가 그에게 돈을 더 이상 부쳐 주지 않았고, 그로서도 어머니에게 떳떳이 송금을 요청할 수 없는 입장이었다. 그는 결국 고리대금업자에게 만 루블의 돈을 빌리고, 가급적 지출을 줄이며 경마용 말을 매각하기로 결심했다. 그리고 어제 안나로부터 듣게 된 그녀의 임신 사실은 그로 하여금 자금 마련과 퇴역 등 자신의 진로에 대해 고민하게 만드는 계기가 되었다. 한편 벳시 뜨베르스까야 공작 부인의 편지를 통해 급히 만나자는 안나의 메모를 접한 브론스끼는 서둘러 그녀를 보기 위해 마차를 탔다. '여긴 브레데의 정원이군. 어째서 그녀는 이곳에서 보자고 했을까?' 그는 그제서야 이것을 생각하고는 의아해했다. 아무도 없는 가로수길에 베일로 얼굴을 감싼 안나가 있었다.

"이곳으로 오라고 해서 화난 건 아닌가요? 말씀드릴 게 있어요."

"대체 무슨 일이 있었던 거요?" 안나의 얼굴을 보면서 그가 물었다.

"어제 남편과 별장으로 돌아가면서 모든 것을 말했어요."

"그랬군요. 잘했어요. 그게 더 잘된 일이에요." 브론스끼는 결연하고 엄숙한 표정을 지으며 말했다. 그가 이렇게 말했지만 안나는 그의 말을 듣고 있지 않았다. 남편의 편지를 읽은 후 그녀는 모든 것이 예전 같을 수 없으며 아들을 버려둔 채 애인에게 달려갈 수 없다는 사실을 누구보다 잘 알고 있었다. 그녀는 브론스끼와의 이 만남을 통해 이런 상황에서 벗어나고 싶었다. 만일 그가 일말의 망설임도 없이 자기와 함께 떠나자고 말했다면 그녀 역시 주저하지 않고 아들을 버리고 떠날 생각이었다. 그러나 그의 머릿속에는 결투에 대한 생각이 떠올랐을 뿐이었다. 자신과 생각이 달랐던 탓에 안나는 실망하지 않을 수 없었다. 브론스끼는 계속해서 말했다.

"내가 알아서 처리할 수 있게 내게 모든 걸 맡겨요. 그리고 이제 우리 두 사람에 대해서만 생각하는 거요……."

"그럼 아들은 어떻게 하란 말인가요? 아들을 두고 갈 수는 없어요. 당신도 알고 있을 거예요. 당신을 사랑하던 그 순간부터 내게 있는 모든 것이 변했다는 것을요. 이제 내겐 한 가지만 남았어요. 그건 바로 당신의 사랑이에요……."

"그럼 이혼은 아예 불가능하다는 뜻이오?" 그가 힘없이 물었다. 안나는 고개를 끄덕였다.

"아들만 데리고 남편 곁을 떠나면 되지 않소?"

"그건 모두 그이에게 달렸어요. 그이를 만나 봐야겠어요."

두 사람은 뻬쩨르부르그에서 만나기로 하고 헤어졌다.

안나가 이른 아침에 뻬쩨르부르그에 도착했을 때 마차는 이미 대기하고 있었지만 까레닌은 마중 나와 있지 않았다. 집에 도착한 안나는 남편이 있는 서재로 향했다.

"당신이 돌아온 것을 기쁘게 생각하오." 의례적으로 인사를 하고는 까레닌은 말이 없었다.

"알렉세이 알렉산드로비치, 난 죄를 지은 여자예요. 품행이 나쁜 여자예요. 이제는 아무것도 바꿀 수 없다는 것을 말씀드리려고 왔어요."

"난 그런 것을 묻지는 않았소. 난 그런 일을 알 의무도 없으니 그건 무시하겠소."

"난 더 이상 당신의 아내로 있을 수 없어요······." 그녀가 말을 계속하려 하자 알렉세이 알렉산드로비치가 이를 막았다.

"내가 요구하는 것은 내 눈앞에 그 사내가 나타나지 않게 할 것과 당신이 상류사회와 하인들로부터 비난받을 짓을 하지 않도록 처신할 것, 그리고 당신 스스로 그 사내를 만나지 말 것, 이것뿐이오. 이 정도라면 그리 많은 요구 사항은 아니라고 생각하오. 내가 당신에게 할 말은 이게 전부요." 그는 일어나서 문 쪽으로 걸어 나갔다.

다시 찾은 사랑

 9월 말에는 레빈의 영지에 창고를 지을 목재가 들어왔다. 또한 농장에서는 버터를 판매해서 얻은 이익을 분배하는 일도 예정대로 원활하게 진행되고 있었다. 농장을 경영하는 데 있어서도 목표를 정하고 꾸준히 그 일에 정진하는 것이 중요하다고 생각하고 있던 레빈에게 갑자기 손님이 찾아왔다. 그는 니꼴라이 형이었다. 레빈은 니꼴라이 형을 좋아하긴 했지만 그와 함께 지내는 것은 또 다른 괴로움이었다. 형과 마주하면서 불편해질 자신의 모습을 상상하면서 스스로를 자책한 레빈은 형을 직접 대면하는 순간 측은한 마음이 들지 않을 수 없었다. 과거에도 니꼴라이 형의 모습은 병들고 쇠약한 모습이었지만 지금은 그 초췌함이 더욱 두드러져 보였다. 니꼴라이는 레빈에게 마리야 니꼴라예브나와 헤어졌다고 말했지만 그녀가 차를 멀겋게 타고, 자신을 병자 취급했기 때문에 그녀를 내쫓았다는 사실은 차마 말할 수 없었다. 형은 레빈에게 사업에 대해 물었고 레빈은 형에게 자신의 사업 계획에 대해 얘기를 했다. 형은 이것을 듣기는 했지만 분명 이 얘기에 관심을 갖고 있지는 않은 듯 했다. 둘은 지금 한 가지 생각을 하고 있었다. 니꼴라이의 병에 대한 것과 그의 죽음이 임박했다는 생각이었다. 둘 중 누구도 감히 이것에 대해 말을 꺼내지 못했기 때문에 어떤 이야기를 하든지 그 생각에 대해서 말을 하지 않는 이상 서로 이야기는 겉돌기만 할 뿐이었다. 밖에서 다른 사람과 공적인 일로 만날 때에도 느껴 보지 못했던 부담감이 마음을 짓눌렀다. 이날 밤처럼 레빈에게 부자연스럽고 가식적이었던 순간은 다시 없었다. 레빈은 형을 잠자리에 들게 한 뒤 한동안 잠을 이룰 수 없었다. 여러 가지 생각을 했지만 그 모든 생각의 마지막은 죽음에 대한 것이었다. 죽음을 인식하게 되면서 모든 것에 끝이 있다는 사실을 두려워하게 되었지만 동시에 그는 그것을 사실로 받아들일 수밖에 없었다.

'하지만 난 아직 살아 있다. 그렇다면 난 어떻게 해야 하는가? 무엇을 해야 하는가?' 그는 절망적으로 외쳤다. 그는 촛불을 켜고 일어나 살며시 거울 앞으로 다가갔다. '머리 양쪽의 관자놀이엔 흰 머리카락이 있구나.' 그는 입을 벌려 보았다. 어금니는 썩기 시작하고 있었다. 이어서 그는 근육이 불거진 팔을 드러내 보였다. '그래, 아직 힘은 있구나. 하지만 저기 누워서 힘겹게 숨쉬고 있는 니꼴라이 형도 예전엔 튼튼한 육체를 갖고 있었을 게 아닌가.' 그는 문득 형과의 옛날 일을 떠올렸다. 레빈은 조용히 촛불을 껐다.

'형은 죽어가고 있다. 어쩌면 봄까지 살 수 없을지도 모른다. 그런데 난 무엇을 할 수 있단 말인가? 내가 형에게 뭘 말해줄 수 있단 말인가? 난 존재하고 있는 것조차 잊고 있지 않았던가.'

까레닌 부부는 예전처럼 한집에서 살고 있었지만 제각각 다른 삶을 살고 있었다. 알렉세이 알렉산드로비치는 매일 안나를 보기는 했지만 식사는 집에서 하지 않았고, 브론스끼는 알렉세이 알렉산드로비치의 집을 방문하는 일은 없었지만 안나는 밖에서 그를 만나고 있었다. 남편도 이 사실을 알고 있었다.

겨울에 브론스끼는 뻬쩨르부르그를 방문한 외국 왕자를 접견하는 일을 맡게 됐다. 오전에는 뻬쩨르부르그의 명승지를 관람시키고 밤에는 러시아의 환락을 안내하는 일을 맡는 의전 역할을 담당한 것이었다. 특히 러시아 여성과 환락을 즐기고 싶어 했던, 정력적인 외국 왕자의 도를 벗어난 요구는 때로 브론스끼의 얼굴을 붉히게 할 정도였다. 하지만 브론스끼는 이 왕자를 접견하면서 그를 통해 자신의 내면을 발견하고는 괴로워하기도 했다. 왕자를 접견한 일주일의 기간이 끝나고 브론스끼가 집에 돌아왔을 때 안나에게서 편지가 와있었다. 몸이 아파 외출할 수 없고, 자신을 보지 않고는 견딜 수 없다는 내용이었다. 그를 집 안에 들여서는 안 된다는 까레닌의 요구에도 불구하고 안나가 자신을 집으로 부른다는 사실이 이상했지만 브론스끼는 그녀를 찾아가기로 결심했다. 그러나 집으로 들어가려는 순간 까레닌과 마주치고 말았다. 까레닌의 눈이 브론스끼를 향했다. 브론스끼는 고개를 숙였고 까레닌은 한 손을 모자에 댄 채 그대로 지나쳤다. 브론스끼 역시 자존심이 상한 채 현관으로 들어섰다.

"당신은 남편을 만나셨지요? 그건 늦게 온 것에 대한 벌이에요."

"남편은 회의에 나가 있을 시간이라고 했잖아요."

"나갔다가 돌아왔는데 다시 어딘가 나간 거예요. 그보다 당신은 내내 왕자를 접견하고 있었나요? 이젠 끝난 거지요? 왕자도 떠난 건가요?"

"다행히 모두 끝났어요. 이 일이 얼마나 괴로웠는지 당신은 모를 겁니다."

"그래요? 어째서요? 그건 모든 젊은 남성들의 일상생활 아닌가요?" 그녀가 뜨개질감을 집으면서 말했다.

"나는 이미 오래전에 그 생활을 청산했으니까요." 브론스끼가 고른 치아를 드러내고 웃으며 말했다. "솔직히 지난 일주일 동안 그런 생활을 보면서 마치 거울을 들여다보는 것 같은 심정이 들어 괴로웠어요."

"그런가요? 남자들이란 참 추잡하군요. 하지만 내가 뭘 알겠어요? 모두 다 당신이 말하는 거지요. 그것도 사실인지 아닌지는 나로선 알 수도 없는 것이구요."

"안나! 당신은 나를 모욕하고 있군요. 나를 못 믿겠다는 뜻으로 들리는데……."

브론스끼는 최근 들어 빈번해지는 안나의 이러한 질투심 때문에 괴로워하고 있었다. 질투의 원인이 자신에 대한 사랑이라는 사실을 알면서도 브론스끼는 안나에 대해 식어가는 자신의 감정을 인정하지 않을 수 없었다. 그는 그녀를 뒤쫓아 모스끄바를 떠났을 때 자신은 불행하며 행복은 먼 미래에 해당하는 일로 생각했다. 하지만 지금 최상의 행복은 이미 지나간 과거의 일이었다. 안나는 더 이상 그가 처음 만났을 때의 그녀가 아니었다. 그는 꽃의 아름다움에 매료되어 꽃을 꺾어 놓고선 이제 와서 시든 꽃을 앞에 두고 아름다움을 찾으려 애쓰는 사람처럼 그녀를 바라보았다.

"이제 모든 것이 결말이 날 거예요. 나는 그걸 확실히 알고 있어요. 나는 죽을 거예요. 그걸로 나와 당신을 구원할 수 있다면 차라리 그게 더 기뻐요." 안나의 눈에는 눈물이 글썽거렸다.

"무슨 그런 쓸데없는 소리를 하는 거요!"

"사실이에요. 난 꿈을 꾸었어요. 몸집이 작고 수염이 덥수룩하게 난 농부가 뭔가 뒤적이고 있었어요. 프랑스어로 '이 쇠를 두드려서 단련시켜야 합니다.'라고 말하지 않겠어요. 무서워서 잠이 깼지만 꿈속에서 깬 거였어요. 그랬더니 꼬르네이가 와서 '해산하시다가 돌아가실 겁니다.'라고 말하는 거예요. 그러다가 정말 잠에서 깼어요……."

"그런 바보 같은 소리는 하지 말아요!" 브론스끼가 말했다.

"그래요, 벨을 눌러 주세요. 차를 가져오라고 하겠어요. 아, 잠깐……."

안나는 말을 멈추고는 갑자기 환한 표정을 지어 보였다. 뱃속에서 새 생명의 움직임을 느꼈던 것이었다.

한편 귀가한 까레닌은 브론스끼를 집 안에 들여서는 안 된다는 자신의 요구 사항을 지키지 않은 안나에 대한 분노 때문에 잠을 이룰 수 없었다. 그는 날이 밝자마자 안나의 침실문을 열고 들어가 아내의 탁자 서랍을 열었다.

"뭘 하시는 거예요?" 안나가 외쳤다.

"당신 정부의 편지가 필요하오." 그가 말했다.

"그런 건 여기 없어요." 안나가 서랍을 닫으며 말하자 까레닌은 손가방을 집어들었다. 안나는 손가방을 빼앗으려 했지만 까레닌은 그녀를 밀어내었다. 안나는 깜짝 놀라 두려운 눈으로 남편을 쳐다보았다.

"난 당신에게 정부를 집 안으로 들여서는 안 된다고 경고했소."

"그이를 만나야 할 일이 있었어요. 그 이유는……."

"아내가 정부를 만나야 할 이유를 들을 필요는 없소."

"당신은 나를 모욕하는 일이 대수롭지 않은 일인가요?"

"결백한 남자나 여자라면 모욕이라고 할 수 있겠지. 하지만 도둑을 가리켜 도둑이라고 하는 것은 확실한 사실이오."

"당신한테 이런 잔인한 면이 있는 줄은 미처 몰랐네요."

"아내한테 체면만 지켜달라고 요구하면서 아내를 명예롭게 하고 자유를 준 것을 잔인하다고 얘기하는군. 그게 과연 잔인한 일일까?"

"잔인한 것보다 더 나빠요. 그건 비열한 짓이에요!" 안나가 이렇게 외치고 밖으로 나가려 하자 까레닌이 막아섰다.

"비열하다고? 비열하다는 것은 정부에 미쳐서 남편과 자식을 버리고 나서도 남편 돈으로 빵을 먹고 있는 게 비열한 거야!"

안나는 고개를 떨구었다. 남편 말이 옳다고 생각한 그녀는 작은 목소리로 되물었다.

"대체 무엇 때문에 이렇게 말씀하시는 거죠?"

"왜 그러느냐고? 체면을 생각해서 내 요구 조건을 들어

달라는 청을 당신이 거절한 이상 나도 이런 상황을 끝낼 방도를 취하기로 한 거요."

"이대로도 곧 끝날 거예요." 안나가 이렇게 말한 순간, 그녀의 눈에는 다시금 눈물이 맺혔다.

"나는 내일 모스끄바로 가서 다시는 이 집으로 돌아오지 않겠소. 나는 이혼 수속을 변호사에게 일임하겠소. 그리고 내 아들은 누님에게 맡길 생각이오."

"알렉세이 알렉산드로비치! 세료좌는 두고 가세요! 나는 곧 아기를 낳을 거예요. 그러니 아들을 두고 가세요!"

하지만 까레닌은 화를 내면서 그녀의 손을 뿌리치고는 말없이 방을 나갔다.

모스끄바에 도착한 이튿날 알렉세이 알렉산드로비치는 총독을 방문하러 갔다. 복잡한 사거리에서 자신을 부르는 소리에 고개를 돌린 그는 유행하는 짧은 외투에 챙이 좁은 모자를 쓴 채 자신을 보고 웃고 있는 스쩨빤 아르까지이치를 발견했다. 그는 길가에 세워 둔 마차에 손을 얹고 있었는데 그곳엔 부인과 아이 두 명이 타고 있었다. 돌리와 아이들이었다. 모스끄바에서 아무도 만나고 싶지 않았던 알렉세이 알렉산드로비치로선 처남과의 우연한 만남이 불편한 게 사실이었다.

"연락도 없이 오다니 이거 정말 심한 것 아닌가. 어쨌든 반갑군!"

"아, 지금 시간이 없어서……."

"저기 집사람이 있는 데로 가세. 자넬 무척 보고 싶어하네."

알렉세이 알렉산드로비치는 마지못해 돌리가 있는 마차로 가서 인사를 했다.

"만나서 반갑습니다. 건강은 어떠세요?"

"그보다도 우리 귀여운 안나는 어떻게 지내고 있어요?"

까레닌은 무엇인가 중얼거리고는 돌아가려 했다. 스쩨빤 아르까지이치는 발길을 돌리려는 까레닌을 내일 있을 저녁 식사에 초대했다. 다음 날은 일요일이었다. 이어서 스쩨빤 아르까지이치는 유럽 각지를 둘러보고 돌아온 레빈을 오랜만에 만나 안부를 물었다. 레빈은 유럽 각지의 농업도시를 둘러보고 돌아왔다고 하면서도 침울하게 말했다. "난 지금도 계속 죽음에 대해서 생각하고 있네. 오늘 내일 사이에 죽고 나서 아무것도 남지 않는다고 생각하면 모든 것이 다 의미가 없어지는 것 같아." 스쩨빤 아르까지이치는 레빈도 저녁 식사에 초대했다. 레빈은 끼찌의 안부에 대해서도 궁금했지만 묻지는 않았다.

한편 까레닌은 교회에 다녀온 후 줄곧 호텔에 있었다. 자신의 업무를 보았고 안나와의 이혼소송건과 관련하여 브론스끼가 안나에게 보낸 세 통의 편지를 동봉하고 있을 때 스쩨빤 아르까지이치가 그를 찾아왔다.

"여기 있었군그래. 이곳에 있길 바랐지……." 오블론스끼가 말을 끝내자마자 까레닌이 이어서 말했다.

"나는 오늘 식사에 갈 수 없네. 내가 지금 아내와 이혼 소송을 준비하고 있어서 말이야."

스쩨빤 오블론스끼는 의자에 털썩 주저앉았다.

"아니, 자네 지금 무슨 소리를 하고 있는 거야!"

"사실 그대로라네."

"뭔가 오해가 있었겠지, 알렉세이 알렉산드로비치. 자네의 심정은 이해하겠네만 부탁이니 내 아내를 만나서 얘기를 좀 나눠 보게. 아내는 안나를 동생처럼 여기고 있고 자네도 좋게 생각하고 있으니 대화 정도는 할 수 있지 않겠나. 그 정도의 우정은 보여줄 수 있겠지, 부탁하네!"

"그럼, 약속을 했으니 가겠네." 생각에 잠긴 까레닌이 우울한 표정으로 말했다.

스쩨빤 아르까지이치가 집에 도착했을 때는 5시가 지난 시각이었다. 이미 오블론스끼의 장인인 셰르바쯔끼 공작과 끼찌의 사촌인 젊은 셰르바쯔끼, 레빈의 형인 세르게이 이바노비치와 알렉세이 알렉산드로비치 까레닌 등 많은 손님이 도착해 있었다. 레빈만 보이지 않았다. 뒤늦게 도착한 레빈은 현관에서 스쩨빤 아르까지이치를 만났다.

"내가 늦었네. 손님들이 많은가? 누가 와있지?"

"집안사람들이 대부분이네. 끼찌도 와있지. 자, 들어가세. 내가 까레닌에게 소개하겠네." 레빈은 스찌바와 함께 응접실로 들어가 그녀를 보았다. 그녀는 부끄러운 표정을 지었지만 그로 인해 더욱 아름답게 보였다. 그는 그녀에게 다가가 인사한 후 말없이 손을 내밀었다.

"정말 오랜만에 뵙네요." 그녀가 찬 손으로 그의 손을 꼭 잡으며 말했다.

"당신은 나를 보지 못했지만 난 당신을 본 적이 있는 걸요." 레빈이 말을 계속했다.

"어머, 언제요?"

"예르구쇼보로 마차를 타고 갈 때였지요." 레빈은 벅차오르는 행복감에 숨이 막힐 듯했다.

스쩨빤 아르까지이치는 식당 쪽을 가리키며 손님들에게 술과 안주를 권했고 남들이 눈치채지 못하게 끼찌와 레빈을 나란히 앉게 했다. 식사는 더할 나위 없이 훌륭했다. 손님들 사이의 대화도 끊이지 않고 계속되어서 식사가 끝날 무렵에는 까레닌마저 활기를 찾을 정도였다. 식사 후에 응접실로 나온 까레닌을 보고 돌리는 어색하게 미소 지으며 말했다.

"잠깐 얘기를 할 수 있을까요? 이쪽에 앉으세요."

"저도 곧 인사를 하려던 참이었습니다. 내일 떠나야 하기 때문에요."

"알렉세이 알렉산드로비치! 안나의 소식을 여쭤봤습니다만 답을 안하셨지요. 대체 두 분 사이에 무슨 일이 생긴 건가요? 왜 안나를 책망하고 계시지요?"

"제가 이렇게 결심한 이유는 이미 들어서 아시리라 생각합니다만……."

"저는 믿을 수 없어요! 오해하신 걸 거예요." 돌리는 양손으로 자신의 관자놀이를 누르면서 눈을 감고 말했다.

"아내가 스스로 이 사실을 고백했으니 오해는 있을 수 없지요. 아직도 의심의 여지가 남아 있다면 좋겠습니다. 의심하는 동안은 괴로웠지만 희망은 있었으니까요. 하지만 이제는 희망조차 없습니다."

"아아, 그럼 당신은 지금 이혼을 생각하고 계신 건가요?"

"그것 외엔 다른 방법이 없습니다."

"하지만 이혼만은 하지 말아 주세요!" 돌리가 부탁했다. "제가 결혼한 후 남편은 저를 배신했어요. 분노와 질투로 어떻게 해야 할지 모를 때 제게 도움을 준 사람이 안나였어요. 저는 남편을 용서했어요. 그러니 당신도 용서해 주세요!"

"아니, 용서할 수 없습니다. 나는 악한 사람이 아닙니다. 하지만 그녀만큼은 미워하고 있습니다."

"너를 미워하는 자를 사랑하라는 말씀이 있지요……." 돌리는 부끄러운 듯 작은 목소리로 속삭였다.

"너를 미워하는 자를 사랑하라는 말씀은 알고 있지만 나 자신이 미워하고 있는 사람을 사랑할 수는 없습니다." 까레닌은 이렇게 말하고 조용히 인사한 후에 떠났다.

다른 모든 손님들이 식탁에서 일어서자 레빈도 끼찌를 따라 응접실로 가고 싶었지만 너무 그녀의 뒤를 따라다니는 것 같아 레빈도 남자들 사이에 남아 있었다. 레빈은 다른 손님과 얘기를 하면서도 온 신경이 그녀에게 가 있었다. 레빈은 문득 자신을 향한 시선을 느끼며 고개를 돌렸다. 끼찌가 문 앞에 서서 그를 바라보고 있었다.

"피아노 쪽으로 가시는 줄 알았습니다만." 레빈이 그녀에게 다가서면서 말했다. "제 시골 생활에서 부족함을 느낀 게 음악이었거든요."

"아니요, 당신에게 온 거예요. 와주셔서 감사드려요."

끼찌는 레빈과 함께 카드놀이 탁자 옆에 가서 앉았다. 그녀는 분필을 집어서 새 녹색 천 위에 동그라미를 그리기 시작했다.

"오래전부터 당신한테 한 가지 물어볼 게 있었어요." 이렇게 말한 레빈은 부드럽고 한편으론 놀란 듯한 그녀의 눈을 바라봤다.

"말씀하세요."

"그건." 입을 연 레빈은 '당, 언, 내, 그, 말, 그, 영, 그, 없, 뜻, 아, 그, 없, 뜻'과 같은 머릿글자를 써 보였다. 그

머릿글자의 의미는 다음과 같았다. '당신이 언젠가 내게 그럴 수 없다고 말했을 때, 그것은 영원히 그럴 수 없다는 뜻이었습니까, 아니면 그 당시만 그럴 수 없다는 뜻이었습니까?' 그녀가 이 복잡해 보이는 문구를 이해할 수 있는지 알 수 없었지만 레빈은 지금 그의 인생이 그녀가 이 말을 이해하는지에 달려 있는 것처럼 그녀를 바라보았다.

"이해했어요." 그녀가 얼굴을 붉히며 말했다.

"그럼 이것은 무슨 뜻이지요?" 그는 '영원히'라는 글자의 머릿글자를 가리키며 물었다.

"그 단어는 '영원히'라는 뜻이에요. 하지만 그건 아니에요."

그는 재빨리 자신이 쓴 글자를 지우고 분필을 그녀에게 건네준 후 일어섰다. 이번에는 그녀가 '그, 나, 달, 대, 없'이라고 썼다. 끼찌는 분필을 손에 쥔 채 허리를 숙이고 탁자 위의 글자를 읽고 있는 레빈을 부드럽게 바라보고 있다. 레빈의 얼굴이 환해졌다. 끼찌가 쓴 의미는 '그 당시에 나는 달리 대답할 수 없었어요.'라는 뜻이었다.

"그 당시만 그랬나요?"

"네." 미소 지으며 그녀가 대답했다.

"그럼, 지, 지금은요?" 그가 물었다.

"그건, 이걸 읽어 보세요. 제가 바랐던 걸 말씀드릴게요. 정말 바라고 있던 거예요!" 그리고는 다시 머릿글자를 썼다. '전, 일, 잊, 용'이라고 쓴 머릿글자는 '전에 있었던 일을 잊고 용서해 주시기를'이라는 뜻이었다. 그는 떨리는 손으로 분필을 잡았다가 긴장한 나머지 분필을 부러뜨리고는 다시 다음과 같은 뜻의 머릿글자를 썼다. '내겐 잊을 일도 용서할 일도 없어요. 당신을 계속 사랑하고 있었으니까요.'

레빈은 이렇게 끼찌에게 사랑을 고백했다. 자신을 향한 끼찌의 사랑을 확인한 그 역시 행복감을 느꼈다. 돌아가는 레빈의 손을 힘있게 잡으면서 스쩨빤 아르까지이치가 물었다.

"어떤가, 아직은 죽을 때가 아니지?"

"그럼, 아니고 말고!" 레빈이 대답했다.

다음 날 레빈은 두근거리는 가슴을 진정시키며 셰르바쯔끼 댁으로 향했다. 그가 집에 도착하자 가볍고 경쾌한 발자국 소리가 위쪽에서 들리기 시작했다. 그의 행복, 그의 인생, 그 자신, 자신보다 더 나으며 그토록 오랫동안 찾고 염원했던 것이 지금 그에게 다가오고 있었다. 그녀는 걷는 것이 아니라 마치 보이지 않는 어떤 힘에 의해 이끌리는 것 같았다. 그녀는 그의 옆에 멈춰서서 두 손을 그의 어깨 위에 얹었다. 그는 그녀를 포옹하고 키스했다. 둘은 응접실로 들어섰다. 공작 부인이 둘의 모습을 보고 눈물을 흘리며 기뻐했다.

"이제 모든 게 끝났군요! 난 정말 기뻐요. 이 아이를 사랑해 줘요. 난 정말 기뻐요. 끼찌!"

"난 오래전부터 이 순간을 기다렸네." 공작도 기뻐하며 레빈의 손을 잡았다.

안나의 출산

저녁 식사를 마치고 호텔로 돌아온 까레닌 앞으로 두 통의 전보가 와있었다. 하나는 자신이 전부터 염두에 두고 있던 직책에 경쟁자인 스뜨레모프가 임명되었다는 소식이었다. 까레닌으로선 허풍쟁이에 불과한 스뜨레모프가 그 자리에 오른다는 사실을 이해할 수 없었다. 또 다른 전보는 안나가 보낸 것이었다. '죽을 것 같아요. 부탁이니 돌아와 주세요. 용서해 주신다면 마음 놓고 죽을 수 있을 거예요.'라고 씌어진 내용을 읽고 그는 전보를 내동댕이쳤다. 하지만 그는 곧 생각했다. '무슨 목적으로 이걸 보냈을까? 갓난아기를 호적에 올리고 내 명예를 더럽히면서 이혼을 방해하려는 건 아닐까.' 그러다가 문득 '죽을 것 같다.'고 그녀가 쓴 전보를 다시 읽고는 생각에 잠겼다. '만일 이 말이 사실이라면 그녀는 죽어가면서 회개하고 있는 상황에도 불구하고 내가 찾아가지 않은 경우가 된다. 그건 잔인한 행동이고 비난받아 마땅한 일이 되겠지. 하지만 만약 그녀의 말이 사실이 아니라면 그냥 돌아오면 그뿐이야.' 이렇게 생각한 까레닌은 하인을 불러 뻬쩨르부르그로 갈 마차를 준비시켰다. 차 속에서 하룻밤을 지새운 까레닌은 피로를 느끼면서 아내의 죽음에 대해서 생각했다. 그는 지금 일어나고 있는 상황을 고려해볼 때 아내가 지금 죽는다면 자신의 괴로운 상황이 단번에 해결될 수 있다는 생각도 떨칠 수 없었다. 까레닌은 집에 도착하자마자 문지기에게 물었다.

"마님은 어떤가?"

"어제 해산하셨습니다."

"그래, 건강은?"

"좋지 않습니다." 앞치마를 두른 꼬르네이가 내려오며 말했다. 그녀가 죽을 수도 있다는 생각에 얼마간의 안도를 느끼며 대기실로 들어선 까레닌은 옷걸이에 걸린 군인 외투를 보고 물었다.

"누가 와있나?"

"의사와 산파, 그리고 브론스끼 백작이 와있습니다."

알렉세이 알렉산드로비치는 안나의 방으로 들어갔다. 탁자 옆에 놓인 낮은 의자에 앉은 브론스끼는 얼굴을 가린 채 울고 있었다. 브론스끼는 안나의 남편을 보고는 당황했지만 간신히 용기를 내서 그에게 말했다.

"안나는 죽어가고 있습니다. 의사들은 가망이 없다고 합니다. 모든 것을 당신 뜻에 따르겠습니다만 여기 있는 것만은 허락해 주십시오, 하지만 이것 역시 당신 뜻에 달렸습니다……. 저는……."

알렉세이 알렉산드로비치는 브론스끼의 눈물을 보자 혼란스러웠다. 그는 안나의 침대 곁으로 다가갔다. 안나는 빠르고 비교적 정확하게 말하고 있었다.

"알렉세이는…… 난 알렉세이 알렉산드로비치 얘기를 하는 거예요. (두 사람 모두 알렉세이라는 이름을 갖고 있으니 참 이상한 운명이네요, 그렇지요?) 알렉세이는 날 거절하지 않을 거예요. 나도 잊을 거고, 그이도 용서해 주실 거예요. 그이는 아기를 보는 게 괴로울 거예요. 자, 아기를 이리 줘요."

"안나 아르까지예브나, 주인어른께서 오셨어요. 여기 계세요." 산파는 안나의 주의를 알렉세이 알렉산드로비치에게 돌리려고 애썼다.

"무슨 소리를 하는 거예요! 그이는 아직 오지 않았어요. 그이의 눈은 세료좌의 눈을 닮았어요. 그래서 난 그 아이의 눈을 볼 수가 없어요." 하지만 안나는 이내 남편을 알아보고 갑자기 입을 다물었다.

"아니, 난 그가 두렵지 않아요. 알렉세이, 가까이 오세요. 난 이제 얼마 더 살지 못할 테니까요. 제 마음속에는

안나 까레니나

또 다른 여자가 있어요. 그 여자가 그 사람을 사랑했기 때문에 당신을 미워했던 거예요. 그 여자는 제가 아니에요. 지금의 제가 진짜예요. 저는 세료좌만 데리고 가겠어요. 그리고 아기도……. 당신은 용서 못하겠지요! 알아요, 그런 일은 용서받지 못할 일이라는 걸……."

알렉세이 알렉산드로비치는 심적으로 더욱더 혼란스러워졌다. 그는 자신이 평생 지켜 왔던 기독교의 율법이 원수를 용서하고 사랑하라고 명령하고 있지는 않다고 생각했지만 원수에 대한 용서와 사랑의 감정이 그의 마음을 채우고 있었다. 그는 무릎을 꿇고는 아내의 팔 위에 머리를 숙이고 흐느꼈다. 그러자 안나는 갑자기 눈을 크게 뜨고 말했다.

"보세요, 이이가 돌아왔어요. 이제 제게 필요한 것은 당신의 용서뿐이에요. 그런데 그이는 어디 있지요?" 안나는 문가에 있는 브론스끼를 향해 말했다. 안나는 브론스끼를 불러 가까이 오게 하고는 남편에게 말했다. "저 사람에게 손을 내밀어 주세요. 저 사람을 용서해 주세요." 알렉세이 알렉산드로비치는 흘러내리는 눈물을 자제하지 않으며 브론스끼에게 손을 내밀었다.

"다행이에요, 다행이에요." 그녀가 말했다. "이제는 모든 게 다 됐어요……."

의사들은 안나의 병이 산욕열 때문이며 살아날 가망이

없다고 했다. 하루 종일 의식불명 상태가 계속되었고 사람들도 매순간 임종을 기다리고 있었다. 사흘째 되던 날 의사는 살아날 희망이 있다고 말했다. 그날 알렉세이 알렉산드로비치는 브론스끼가 대기하고 있는 거실로 들어와 문을 잠그고 그와 마주 앉았다.

"알렉세이 알렉산드로비치, 드릴 말씀이 없습니다. 저를 용서해 주십시오." 그에게 설명을 해야 할 순간이 왔음을 느끼면서 브론스끼가 말문을 열었다.

"아시다시피 나는 이혼 수속을 밟고 있는 중이었소. 솔직히 말하자면 나는 당신과 아내에게 복수하길 원했고, 아내가 죽기를 바랐소. 그런데…… 용서라는 행복감이 앞으로 내가 해야 할 의무를 분명하게 만들었소. 나는 깨끗이 용서하였소. 다른 한쪽 뺨까지 내밀고 싶소. 내게서 외투를 빼앗아가려는 자에게 셔츠까지 내주고 싶은 심정이란 말이오." 그의 눈가엔 눈물이 고였고, 그의 밝고 고요한 시선이 브론스끼에게까지 전달되었다. "나는 저 사람을 버리지 않을 것이고 당신도 비난하지 않겠소. 내 의무는 명확하오. 나는 저 사람과 함께 있어야 하오. 만일 그녀가 당신을 보고 싶어한다면 내가 알려 주겠소. 하지만 지금은 떨어져 지내는 게 좋겠소." 그는 일어섰다. 브론스끼는 그의 얼굴을 보았지만 그의 감정을 이해하기 어려웠다. 자신의 인생관으로는 이해하기 힘든 고매한 어떤 것이 있는 것처럼 생각될 따름이었다.

 브론스끼는 알렉세이 알렉산드로비치와의 대화를 끝낸 후 까레닌 집의 현관을 나섰다. 배신당한 남편이면서 지금까지는 불쌍하고 볼품없는 존재에 불과했던 까레닌이 이제는 악의에 찬 위선적인 남편이 아니라 선량하고 성스러운 남편이 됐다는 사실을 새삼 인식하지 않을 수 없었다. 브론스끼는 참을 수 없을 만큼 자신이 불행하게 느껴졌다. 최근 들어 안나에 대한 열정이 식어 가던 브론스끼는 이번 일로 영원히 그녀를 잃게 되었다고 생각하자 그녀에 대한 열정이 다시금 불타올랐다. 그는 집에 돌아가서도 계속 고민했다. '이렇게 미쳐 가는구나. 이래서 권총 자살을 하는구나. 더 이상의 치욕은 없도록…….' 그는 문을 잠갔다. 그리고는 탁자 곁으로 가서 권총을 집어든 다음 왼쪽 가슴에 총을 대고 방아쇠를 당겼다. 그는 총소리를 듣지 못했지만 가슴에 받은 충격으로 비틀거렸다.

 '이런, 이거 하나 제대로 못 하다니!' 그는 이렇게 내뱉고는 피를 흘리면서 몸의 균형을 잃고 쓰러졌다.

까레닌의 고민

 아내와 브론스끼를 용서하고, 아내에 대한 연민을 느낌과 동시에 아내의 죽음을 바랐던 일을 회개하면서 알렉세이 알렉산드로비치는 지금껏 경험하지 못했던 일종의 정신적 평온을 느끼고 있었다. 그래서 전에는 좀처럼 아들에게 관심을 두지 않았던 것을 자책함과 동시에 아들을 더 가엾게 생각하고 있었고, 갓 태어난 딸에 대해서도 특별한 감정을 느끼며 하루에도 몇 번씩 딸의 방에 들르기도 했다. 그러나 시간이 흐르면서 그는 자신이 처한 환경이 언제까지고 지속되지는 않을 것이라 확신하기에 이르렀다. 무엇보다 그는 특히 안나가 자신을 두려워하고 있고, 자신을 똑바로 바라보지 못하고 있는 것을 깨달았다. 2월 말에 엄마와 똑같이 안나라고 이름 지은 딸에게 병이 들었다. 의사를 부르라고 지시한 후 갓난아기에게 신경을 쓰지 않는 아내를 못마땅하게 여기며 아내의 침실에 들어서려던 알렉세이 알렉산드로비치는 벳시 공작 부인과 아내가 이야기하는 내용을 우연히 듣게 되었다.

"그가 떠나지 않는다면 당신이 거절하는 것을 이해하겠어요. 하지만 당신의 남편은 그런 것과 별개로 초연히 있을 수 있는 사람이잖아요." 벳시가 말했다.

"남편을 위해서 그러는 게 아니라 나 자신을 위해서 그러는 거예요." 안나가 흥분해서 말했다.

"하지만 당신 때문에 권총 자살까지 기도했던 사람과 작별 인사도 하지 않겠다는 말인가요?"

"바로 그래서 원치 않는 거예요."

알렉세이 알렉산드로비치는 헛기침을 하고 방으로 들어섰다. 안나는 회색 가운을 입고 짧게 자른 머리를 한 채 의자에 앉아 있었고 벳시 부인은 한창 유행하는 옷을 입고 있었다.

"어머, 오셨군요!" 그녀는 깜짝 놀란 듯 말했다. "안나에 대한 당신의 배려에 대해서 전부 들었어요. 정말 훌륭한 일이에요. 자 그럼, 전 이만 가봐야겠어요." 그녀가 일어서자 안나는 갑자기 얼굴을 붉히면서 그녀의 손을 잡았다.

"잠깐만 있어 줘요. 당신에게 할 얘기가 있어요……. 저는 당신에게 아무것도 숨기고 싶지 않아요." 그녀는 남편 쪽을 바라보며 말했다. 알렉세이 알렉산드로비치는 손가락 마디를 꺾으면서 고개를 숙였다.

"브론스끼 백작이 따쉬껜뜨로 떠난다고 벳시가 말했어요. 그 전에 한번 우리 집에 작별 인사를 오겠다고 했다는데, 전 거절했어요."

"그 일은 알렉세이 알렉산드로비치에게 달렸다고 말하지 않았나요?" 벳시가 안나의 말을 반문했다.

"아니, 그렇지 않아요. 난 그이와 만날 수 없어요." 그녀는 갑자기 말을 멈추고는 질문을 던지는 듯한 시선을 남편에게 보냈다(그는 그녀를 보고 있지 않았다).

"당신의 신뢰를 매우 고맙게 생각하고 있소." 벳시 공작 부인과 함께하고 있는 이 자리를 불편하게 느끼면서 그가 안나에게 말했다. 벳시 부인이 작별 인사를 하고 나가자 그는 배웅 인사를 하러 따라나섰다. 그녀가 말했다.

"알렉세이 알렉산드로비치! 저는 당신과 안나의 일에 직접적인 관련이 없는 사람이지만 안나를 사랑하고 당신을 존경하기 때문에 말씀드립니다. 그 사람을 오게 허락해 주세요. 브론스끼는 명예를 회복하고 따쉬껜뜨로 떠나려고 하는 거예요."

"당신의 충고는 고맙습니다만 누군가를 만나거나 만나지 않는 문제는 전적으로 저 사람이 결정할 일입니다." 그는 눈썹을 치켜세우며 말했다.

알렉세이 알렉산드로비치는 응접실로 되돌아와서 아내에게 다시 말했다. "당신의 결정에 대해 고맙게 생각하오.

안나 까레니나 133

나 역시 브론스끼가 이곳에 올 필요는 없다고 생각하오."

"이미 말씀드린 걸 왜 다시 반복해서 말씀하시는 거지요?" 안나가 흥분해서 그의 말을 가로막았다. '올 필요가 없다고? 사랑했고 그 사랑 때문에 자살까지 하려 했던 사람이 작별 인사를 하러 온다는데, 나 역시 그 사람이 없이는 살 수가 없는데, 올 필요가 없다고? 그녀는 입술을 지긋이 깨물었다. "다시는 그 얘기를 하지 않는 게 좋겠어요." 안나는 조용히 말했다.

"조금 전에 의사를 부르러 사람을 보냈소. 유모의 젖이 부족한지 아기가 너무 보채서 말이오." 알렉세이 알렉산드로비치가 말했다.

"그럼 왜 제가 젖을 먹이겠다고 했을 때 허락하지 않았어요? 내가 그렇게 하려고 했을 때는 허락하지 않더니 이제 와서 저를 비난하시네요."

"나는 비난하는 게 아니오……."

"아니요, 비난하고 있어요! 아! 왜 내가 그때 죽지 않았을까!" 그녀는 흐느껴 울기 시작했다. "이제 그만 나가 주세요!"

'아니다, 계속 이렇게 있을 수는 없다.' 알렉세이 알렉산드로비치는 방을 나오면서 생각했다. 그는 안나가 브론스끼와의 관계를 끊는 것이 최상의 방안이라고 생각하고 있었으나 그게 불가능하다면 아이들과 자신의 위치에 피해가 가지 않는 선에서 둘의 관계를 허락하는 것도 각오하고 있었다. 그게 바람직하지 않은 일이라고 해도 그것은 그녀가 출구도 없이 수치스런 상태에 있게 되고 자신 역시 사랑했던 모든 것을 잃게 될 이혼보다는 나은 길이었다. 하지만 그는 무력감을 느꼈다.

응접실에서 나온 벳시가 현관을 나서려는 순간 스쩨빤 아르까지이치가 들어섰다. 시종으로 임명된 그가 인사를 겸해서 온 것이었지만 보다 중요한 안나의 문제를 수습하려고 온 것이었다. 그는 안나의 방에 들러 안부를 물었다.

"우울해 보이는구나. 그래도 기운을 내야지. 벗어날 길 없는 상황이란 없는 법이니까."

"나는 한 가지만을 생각하고 또 생각하고 있어요……."

겁에 질린 듯한 그녀의 눈을 보면서 그녀가 생각하는 것이 죽음이란 것을 알아차린 그는 말을 가로막았다. "너는 너보다 스무 살이나 많은 사람과 애정 없이, 사랑이 뭔지도 모른 채 결혼한 거다. 말하자면 그게 실수였던 거야."

"끔찍한 실수예요." 안나가 말했다.

"이혼만이 모든 걸 해결할 수 있을 텐데……." 스쩨빤 아르까지이치는 이렇게 말하면서 그녀를 의미심장하게 쳐다보았다. 그녀는 아무런 대답도 하지 않은 채 짧게 자른 머리를 부정적으로 흔들었다. 하지만 갑자기 예전처럼 환해진 그녀의 아름다운 얼굴빛을 보면서 그는 이혼이 그녀에게 이루어질 수 없는 행복처럼 여겨졌기 때문이라는 것을 알았다. 안나와 얘기를 나눈 스쩨빤 아르까지이치는 알렉세이 알렉산드로비치의 서재로 들어섰다.

"자네를 방해한 건 아닌지 모르겠네. 누이동생과 자네 두 사람의 관계에 대해서 얘기를 하려고 들렀네." 이렇게 말한 스쩨빤 아르까지이치에게 알렉세이 알렉산드로비치는 우울한 미소를 지으며 말했다.

"나도 그 일에 대해서 계속 생각하고 있던 참이었고, 편지로 내용을 전하는 게 좋겠다 싶어서 이렇게 편지를 쓰고 있었네."

스쩨빤 아르까지이치는 편지를 전해 받아 읽기 시작했다.

> 내가 당신과 함께 하는 게 당신을 괴롭게 한다는 사실을 알고 있소. 그 사실을 받아들이는 것 역시 내게도 괴로운 일이지만 달리 방법이 없다는 걸 알고 있소. 신 앞에 맹세하건대 당신이 아파 누워 있었을 때 난 새로운 삶을 시작하기로 결심했소. 내가 진정 원했던 것은 당신의 행복, 당신 마음의 행복이었지만 그 소원은 이뤄지지 않았소. 무엇이 당신을 진정으로 행복하게 하고 당신 마음에 평안을 가져다줄 수 있는지 내게 말해 주시오. 모든 걸 당신 뜻과 감정에 맡기겠소.

편지를 읽은 스쩨빤 아르까지이치는 부드러운 미소를 지으며 조심스럽게 말을 꺼냈다.

"내 의견을 묻는다면 말하겠네만 이런 상황을 해결하는 데 필요한 방법을 신속히 결정하는 것은 바로 자네에게 달렸네."

"이혼을 뜻하는 거로군." 알렉세이 알렉산드로비치는 혐오스런 표정을 지으며 말했다.

"그래, 이혼 말일세, 이혼이 가장 합리적인 방법이라고 생각하네." 같은 말을 반복하면서 스쩨빤 아르까지이치가 말했다. 하지만 알렉세이 알렉산드로비치는 상황이 그리 간단하지 않음을 확신하고 있었다. 이혼을 하게 될 경우 아들을 안나에게 맡길 수는 없었다. 이혼에 동의하는 것은 아내에게 자유를 주는 것을 의미하지만 아이들과의 마지막 연결고리를 끊는 것을 의미했고 아내에게는 선한 길을 살아갈 기회를 박탈하고 그녀를 파멸에 이르게 할 게 분명했다. 안나가 자신과 이혼한다면 그녀는 브론스끼와 살겠지만 이것은 명백한 불법이자 죄악이었다. 정교 율법은 남편이 살아있는 동안 결혼을 금지하고 있었기 때문이었다.

"그러지, 그렇게 하지!" 고민 끝에 알렉세이 알렉산드로비치가 날카롭게 외쳤다. "내가 수치를 감당하고 아들도 내주겠어요. 하지만…… 하지만 그냥 내버려 두는 게 낫지 않을까요? 아니, 이젠 좋을 대로 하시지요……." 이렇게 말한 그는 처남이 보지 않게 등을 돌려 창가에 있는 의자에 앉았다. 스쩨빤 아르까지이치는 감동해서 잠시 말이 없었다.

"알렉세이, 나를 믿어 주게. 안나도 자네의 관대함에 고마워할 걸세."

심장을 비껴나가긴 했지만 자살 기도로 인해 브론스끼가 입은 부상은 심각했다. 며칠 동안 생사의 기로를 헤맸지만 차츰 건강을 회복한 그는 안나에 대해 단념하고 그녀와 남편 사이에 끼어들지 않겠다고 다짐하고 있었다. 마침 따쉬껜뜨에서의 근무를 받아들인 브론스끼는 떠나기 전 안나와의 작별 인사를 기대하는 중이었다. 그러나 알렉세이 알렉산드로비치가 이혼에 동의했다는 사실을 오블론스끼를 통해 들었다는 소식을 벳시에게서 듣자 그는 곧바로 마차를 몰고 안나에게 달려갔다. 안나의 방으로 들어서자마자 그는 그녀를 포옹하고 키스를 퍼부었다.

"난 이제 당신 거예요." 그녀는 그의 손을 자기의 가슴에 갖다대며 말했다.

"진작 이렇게 됐어야 해요." 그가 말했다.

"이렇게 짧은 머리를 하고 있는 줄은 몰랐네요. 더 좋아 보여요. 마치 소년 같군요. 하지만 왜 이리 얼굴이 창백하지요······."

"몸이 많이 약해졌나 봐요." 그녀가 미소 지으며 말했다. 입술이 다시 떨리고 있었다.

"이탈리아로 함께 떠나요. 그러면 나아질 겁니다."

"어머, 정말 남편과 아내로서, 한 가정을 이룰 수 있을까요? 난 이혼을 바라지는 않아요. 지금은 나한테 모든 게 다 마찬가지예요. 난 단지 남편이 세료좌를 어떻게 할지 걱정이에요."

"지금은 그 문제에 대해선 얘기하지 말아요. 생각하지도 말고."

영광스러우면서도 위험한 직무 수행이 될 따쉬껜뜨 부임을 거부하는 것은 예전의 브론스끼라면 수치스럽고 또한 있을 수 없는 일이었다. 하지만 지금 그는 따쉬껜뜨 부임을 즉각 거부했고 이것이 상부로부터 불만을 야기하자 브론스끼는 바로 군대에서 퇴역을 선택했다.

한 달 후 알렉세이 알렉산드로비치는 아들과 함께 집에 남았고, 안나는 남편과의 이혼을 거부한 채 브론스끼와 외국으로 떠났다.

레빈과 끼찌의 결혼

 셰르바쯔끼 공작 부인은 사순절 전에 결혼식을 올리는 것은 불가능하다고 생각했다. 그때까지는 신부가 지참해야 할 혼수 품목의 절반도 준비되지 못할 거라고 생각했던 것이었다. 하지만 사순절 이후에 결혼하게 되면 너무 날짜가 늦어진다는 레빈의 의견도 무시할 수는 없었으므로 작은 혼수 품목은 지금 준비하고, 큰 혼수 품목은 나중에 준비하기로 했다. 셰르바쯔끼 공작 부인은 결혼식이 끝난 후 모스끄바를 떠날 것을 권했고 스쩨빤 아르까지이치는 외국으로 가라고 했지만 끼찌는 자신이 살게 될 곳이 시골이라는 것을 알고 자신의 집이 될 곳으로 가고자 했다. 레빈은 결혼식 전에 사제와 대면하여 신의 존재에 대한 문제, 유혹의 문제, 죽음의 문제 등에 대해 듣고 고해성사를 한 후 홀가분한 마음으로 결혼식을 기다렸다.
 결혼식이 열리던 날 교회는 수많은 인파로 둘러싸였다.

끼찌는 긴 베일에 싸인 흰색 드레스에 등자나무꽃 화관을 쓴 채 모든 준비를 마치고 벌써부터 신랑이 교회에 도착하길 기다리고 있었다. 반면에 그 시각 레빈은 아침부터 입어서 구겨진 셔츠를 벗고서 바지만 입은 채 꾸지마가 새 셔츠를 가져오길 초조하게 기다리고 있었다. 연미복을 제외하고는 옷을 포함한 모든 짐을 꾸려 시골로 떠날 준비를 하라고 해놓았기 때문에 새 옷을 구하기는 쉽지 않았다. 공교롭게도 마침 일요일이었던 탓에 모든 상점이 문을 닫았고, 스쩨빤 아르까지이치의 셔츠를 구해 오기도 했지만 이것은 레빈에게 맞지 않았다. 그러자 레빈은 어쩔 수 없이 셰르바쯔끼네 집으로 하인을 보내 짐을 풀게 하지 않을 수 없었고, 그렇게 옷을 가져오게 한 뒤에야 예복을 차려 입고 식장으로 향할 수 있었다.

레빈은 흰색의 긴 베일 속에 높이 땋아 올린 머리를 하고 있는 그녀를 보았다. 그녀는 처녀답게 목의 양 옆을 가리고 앞부분만을 드러낸 채 주름장식이 달린 옷깃이 있는 드레스를 입고 있었다.

"주여, 축복을 내려 주시옵소서." 사제의 장엄하면서도 느릿한 목소리가 교회 안에 울려 퍼졌다.

"지금부터 영원토록 찬송받으실 우리 하느님이시여." 나이가 지긋한 사제가 노래하듯 온화하게 말하자 보이지 않는 성가대의 합창소리가 창문에서 아치형 천장까지 교회 안에 가득 울려 퍼졌다.

"서로 떨어져 있던 두 사람을 하나로 맺어 주시는 영원하신 하느님이시여." 사제는 노래하듯 읽었다. "당신의 종인 꼰스딴찐과 예까쩨리나를 축복해 주시고 그들을 선한 길로 인도해 주시옵소서. 성부와 성자와 성신의 이름으로 지금부터 영원토록 비나이다. 아멘."

'떨어져 있던 둘을 하나로 맺어 주신다니, 이 얼마나 의미 있는 말인가!' 레빈의 가슴은 점점 더 전율했고, 눈에는 감동의 눈물이 흘렀다.

브론스끼와 안나는 벌써 석 달 동안 유럽을 여행하고 있었다. 그들은 베니스, 로마, 나폴리를 다녀온 후 이탈리아의 조그마한 도시에 얼마간 머무르기 위해 도착했다. 그곳 호텔에서 가장 좋은 숙소를 쓰고 있던 브론스끼 백작에게 어느 날 지배인이 다가와 러시아 손님을 소개했다. 그는 브론스끼의 사관학교 시절 친구였던 골레니셰프였다. 브론스끼는 골레니셰프를 만난 것이 이렇게 반가울 줄 미처 생각하지 못했다. 그것은 그동안 자신이 얼마나 무료한 생활을 해왔는지 스스로 깨닫지 못한 탓이기도 했다.

"안으로 들어가세. 자네는 지금 무얼 하고 있나?"

"벌써 2년째 여기 있네. 사업을 하고 있지."

"아, 그렇군. 자네 혹시 까레니나 부인을 알고 있는가?

우린 함께 여행을 하고 있네. 지금 그녀에게 가는 중이야." 브론스끼는 주의깊게 골레니셰프의 얼굴을 쳐다보며 말했다.

"아, 그래? 난 몰랐는데(그는 이미 알고 있었다)."

브론스끼는 외국에서 안나와 지낸 석 달 동안 새로운 사람들과 어울리게 될 때마다 그들이 자신과 안나의 관계를 어떻게 생각하고 있을지 신경을 쓰고 있었다. 하지만 골레니셰프의 됨됨이를 알고 있던 브론스끼는 그를 안나에게 소개해도 무방할 것이라고 생각했다. 처음에 안나는 낯선 골레니셰프를 보고 얼굴을 붉혔으나 곧 브론스끼를 향해 알렉세이라고 부르면서 상냥하게 대하고, 이곳에서 궁전으로 불리는 집으로 세를 내서 이사할 거라고 골레니셰프에게 친근하게 말하기도 했다. 그는 안나의 밝고 솔직하며 정열적인 모습을 마음에 들어 했다. 새로 머물게 될 집을 함께 둘러본 뒤 안나가 말했다.

"한 가지 좋은 일이 있네요. 알렉세이한테 좋은 아틀리에를 만들어줄 수 있을 것 같아요. 꼭 그 방을 쓰세요."

"아니, 자네 정말 그림을 그리는가?"

"응, 예전에 그렸고 지금은 그저 다시 시작하는 단계라네." 브론스끼는 얼굴을 붉히면서 대답했다.

"이이는 아주 재능이 있어요. 제가 하는 얘기가 아니라 그림을 아시는 분들이 그렇게 말씀을 하시지요." 안나는 즐겁게 미소 지으며 말했다.

안나는 자유로운 분위기 속에서 나날이 건강을 회복하면서 스스로 받아들이기 힘들 정도로 행복감과 삶의 기쁨을 느끼고 있었다. 남편에 대한 기억은 생각하는 것만으로도 괴롭고 견디기 힘든 일이었지만 남편의 불행은 그녀에게 행복이었다. 그녀는 브론스끼를 알면 알수록 더욱 그를 사랑하게 되었고 무엇보다 그를 완전히 소유했다는 사실이 그녀를 기쁘게 했다.

하지만 브론스끼는 오래전부터 원했던 모든 것을 다 이뤘지만 행복을 느끼지 못했다. 처음에 그는 군복을 벗고 사복을 입으면서 그녀와 함께했고, 전에는 느껴보지 못했던 사랑의 자유를 맛보았으며 그것에 만족했지만 그 감정은 오래 지속되지 못했다. 그는 곧 마음 한 구석에 우수를 느꼈고 잠자는 시간을 제외하고 하루 열여섯 시간을 무슨 일이든지 하면서 보내야 했다. 마침 어릴 적부터 그림을 그리는 재주가 있었던 그는 판화를 수집하기도 하고 그림을 그리면서 소일을 하고 있었다. 어느 날 브론스끼는 골레니셰프에게 물었다.

"자네는 미하일로프라는 화가의 그림을 본 적이 있나?"

"있네. 재능이 있긴 하지만 그 사람은 좀 이상한 방향으로 그림을 그리는 것 같더군."

"그림 주제로 어떤 걸 그리는가?"

"빌라도 총독 앞의 그리스도라는 작품인데, 그리스도를 그저 유태인의 한 사람으로 그려 놓고 있네."

"그런데 그가 어렵게 생활하고 있다는 게 사실인가?" 브론스끼는 러시아 예술의 보호자로서 그의 작품의 평판에 상관없이 화가를 도울 필요성을 느끼면서 물었다.

"그렇진 않을 걸세. 뛰어난 초상화가야. 하지만 요즘엔 초상화를 거의 그리지 않는다고 하니 형편이 안 좋을지도 모르겠네."

"그럼 그에게 안나의 초상화를 그려 달라고 부탁하면 어떨까?" 브론스끼가 말했다.

"제 초상화를 뭣하러 다시 그려요? 당신이 그려준 초상화가 있으니 전 괜찮아요. 아냐(그들은 딸을 그렇게 부르고 있었다)의 초상화라면 모르겠지만요." 창 밖에서 유모와 함께 있는 딸을 가리키며 안나가 말했다.

그들은 더 얘기를 나눈 후 미하일로프를 찾아갔다. 화가는 그들에게 빌라도 총독과 그리스도가 그려진 자신의 그림을 소개했다. 그림을 보면서 안나는 빌라도를 바라보는 그리스도에게 연민이 느껴진다고 말했지만 브론스끼는 화가의 기교에 감탄을 표하며 놀라움을 금치 못했다. 그러나 그가 관심을 보이며 지적한 기교라는 표현은 미하일로프를 화나게 만들었다. 즉, 내용과는 관계없이 그림을 그리는 기계적인 재주만을 뜻하는 표현으로 그가 자주 들었던 지적이었던 것이다.

그들은 다음에 두 명의 사내아이가 버드나무 그늘 아래서 낚시질을 하고 있는 작은 그림을 보았다. 그 그림을 무척 마음에 들어했던 브론스끼는 그것을 구입할 사람이 따로 있다는 설명에도 불구하고 미하일로프를 설득한 끝에 그림을 구매했다. 또한 미하일로프는 안나의 초상화를 그리겠다고 약속했다. 미하일로프가 안나의 초상화를 그리기 시작한 지 닷새째 되던 날부터 그의 그림은 안나의 실제 모습과 흡사할 뿐만 아니라 특별한 아름다움까지 느껴져 브론스끼를 새삼 놀라게 했다.

"그렇게 오랫동안 고생했는데도 난 아무것도 제대로 한 게 없어." 브론스끼는 자신이 그린 안나의 초상화를 보며 말했다. "그런데 저 사람은 보자마자 바로 그리더군. 그게 바로 기교 차이겠지."

미하일로프가 그린 그림이 완성되자 브론스끼는 그림에 대한 관심이 식었고, 안나의 초상화를 그리는 것을 쓸모없다고 여겨 그림 그리는 일을 중단했다. 그림에 관심이 없어진 브론스끼와 안나는 이탈리아 생활을 참을 수 없을 정도로 지루하게 느꼈고, 그들이 머물던 궁전에 대해서도 갑자기 낡고 지저분하다는 생각을 하게 되었다. 그들은 마침내 러시아로 돌아가기로 결정했다. 뻬쩨르부르그에서 안나가 아들을 만나는 동안 브론스끼는 형과 토지 분배를 논의할 계획을 세웠다. 이후 그들은 브론스끼의 광활한 영지에서 여름을 보내기로 했다.

니꼴라이의 죽음

레빈이 결혼한 후 벌써 석 달이 지났다. 그는 행복했지만 그 행복은 그가 기대했던 것만큼은 아니었다. 그는 가정생활을 하면서 매순간마다 결혼이 그가 상상했던 것과 다르다는 것을 실감했다. 그는 가정을 꾸리고 사는 것의 의미를 누구보다 잘 이해하고 있었지만 다른 모든 남성들처럼 무의식적으로 사랑을 즐기기만 하면 되는 것으로 알고 있었다. 남성은 일을 해야 하고 아내와 사랑을 나누는 행복 속에서 휴식을 취해야 한다고 레빈은 생각했다. 아내는 단지 사랑받는 존재여야 했다. 그는 다른 모든 남성들처럼 아내에게도 일이 있다는 사실을 잊고 있었다. 그래서 그는 그토록 시적이고 매력적인 끼찌가 식탁보와 가구, 침구나 식사 문제와 같은 집안일에 대해 일일이 기억하고 관심을 두는 모습을 보면서 놀랄 수밖에 없었다. 집안의 자질구레한 문제에 대한 끼찌의 관심과 염려는 레빈이 꿈꿨던 이상적인 행복과는 거리가 있었기 때문에 그는 때로 환멸을 느끼기도 했다. 그로서는 이해하기 힘들었지만 그녀의 이러한 귀여운 배려는 결국 그녀를 사랑하지 않을 수 없게 만드는 하나의 매력이 되었다.

어느 날 끼찌는 레빈 앞으로 온 편지를 그에게 전해 주며 말했다. "당신 형님의 여자에게서 온 편지 같아요……." 레빈은 그녀의 말을 듣고 있지 않았다. 그는 얼굴을 붉히며 니꼴라이 형의 정부였던 마리야 니꼴라예브나의 편지를 읽기 시작했다. 이것은 벌써 그녀의 두 번째 편지였다. 첫 번째 편지에는 니꼴라이가 자신을 이유 없이 내쫓았다는 사실과 형에게 관심을 기울여 달라는 내용이 적혀 있었지만 이번 편지는 달랐다. 병 상태가 위중해 다시 일어날 수 있을지 모르겠다는 내용이었다. 니꼴라이는 동생 이야기만을 하고 있으며 현재 수중에 돈도 없다는 내용이 적혀 있었다.

"니꼴라이가, 형이 임종이 가까운 모양이오. 다녀와야겠소."

"그럼 저도 같이 가겠어요. 괜찮겠지요?" 그녀가 말했다.

"끼찌! 그게 무슨 소리요? 그가 책망하듯 말했다.

"뭐가 어떻다는 건가요?" 자신의 말이 받아들여지지 않자 일종의 모욕감을 느낀 끼찌가 화가 나서 물었다. "왜 가면 안 된다는 거지요? 전 당신을 방해할 생각은 없어요.

저는……."

"나는 형이 죽어가고 있기 때문에 가는 거요. 그런데 당신은 뭣하러……."

"뭣하러 가느냐고요? 당신이 가는 것과 같은 이유지요."

"왜냐하면 어디로 갈지, 어떤 길로 가게 될지, 어떤 숙소에 머물지 전혀 모르니까 그렇소. 게다가 거기엔 당신이 어울려서는 안 될 여자도 있단 말이오."

"난 다만 남편이 슬플 때 같이 있어 주는 게 내 의무라고 생각했어요. 그런데 당신은 날 마음 아프게 하고 이해하지 못하는군요." 끼찌는 이렇게 말하고 눈물을 흘렸다. 결국 둘은 내일 함께 떠나기로 결정했다. 무엇보다 레빈은 아내 끼찌가 형의 정부와 한방에서 지내게 될 생각을 하자 혐오감에 몸서리를 쳤다.

레빈과 끼찌는 니꼴라이가 묵고 있는 숙소를 찾아갔다. 형이 숙소로 사용하고 있는 곳은 지저분하고 불결한 여관이었다. 그는 간신히 비어 있는 방 하나를 잡은 뒤 형을 보러 문 밖으로 나왔다. 그는 거기서 자신이 도착한 것을 알고서도 안으로 들어오지 못하고 있던 마리야 니꼴라예브나와 마주쳤다.

"형은 어떻습니까?"

"아주 나빠요. 일어나지를 못하고 있어요. 당신이 오기를 기다리고 있어요. 그는 당신이 부인과 함께……."

레빈은 처음에 그녀가 무슨 소리를 하는 것인지 이해하지 못했으나 그녀가 분명히 말했다.

"저는 주방에 내려가 있을게요. 니꼴라이는 좋아할 거예요. 당신 부인에 대해서 들어서 알고 있고, 외국에서 그녀를 만났던 것도 기억하고 있어요."

"자, 어서 가지요!" 그는 그녀를 재촉했다. 그때 방문이 열리면서 끼찌가 모습을 드러냈다. 레빈은 난감한 상황을 만든 그녀에 대한 분노와 부끄러움 때문에 얼굴을 붉혔다. 마리야 니꼴라예브나는 더욱더 얼굴을 붉혔다.

"형님은 어떠시대요?" 그녀는 남편에게 묻고 그녀를 쳐다보았다.

"복도에서 그렇게 얘기하는 게 아니잖소!" 레빈은 화를 내며 대꾸한 뒤 형에게로 갔다. 그가 형의 방에서 보고 느꼈던 것은 그가 기대했던 것이 전혀 아니었다. 그는 죽음을 목전에 둔 상황에서 육신의 쇠약함이 더욱더 두드러질 것을 예상하긴 했지만 상태는 전과 거의 비슷할 것으로 생각하고 있었다. 형을 잃게 된다는 심적 고통과 두려움을 전에 경험했기에 단지 정도의 차이만 더 심할 것으로 예상하고 있었다. 하지만 그는 전혀 다른 장면을 보고 있었다.

숨이 막힐 듯 불결한 냄새가 나는 방 한쪽 벽에서 조금 떨어진 침대 위에 담요로 뒤덮인 육체가 있었다. 그 육체의 한쪽 손은 밖으로 나와 있었고 머리는 베개 위에서 옆으로 뉘어져 있었다. 관자놀이 위로 땀에 젖은 성긴 머리카락과 긴장한 탓인지 투명해 보이는 이마가 보였다.

'이처럼 끔찍한 육체가 니꼴라이 형이라니 믿을 수 없다.' 레빈은 생각했다. 하지만 형에게 가까이 다가가 그의 얼굴을 확인하면서 그는 의심을 거두지 않을 수 없었다. 얼굴이 끔찍하게 변하긴 했지만 틀림없는 형이었다. 자신이 다가가자 눈을 치켜뜨고 콧수염 밑의 입술을 조금 움직임으로써 송장이나 다름없는 이 육체가 아직은 살아 있는 존재라는 것을 알리고 있었다. 레빈이 그의 손을 잡자 형은 미소를 지어 보였다.

"이런 모습의 나를 보게 될 줄은 몰랐겠지." 그는 힘겹게 말했다. 침묵을 깨뜨리기 위해서 뭔가 말을 해야 했지만 레빈은 무슨 말을 해야 할지 몰랐다. 그는 잠시라도 이 침묵으로부터 벗어나고자 아내를 데려오겠다고 말했다. 하지만 형의 끔찍한 모습을 보면서 아내 역시 괴로워할지 모른다는 생각에 마음이 내키지 않았다. 그러나 끼찌는 레빈을 설득한 끝에 환자의 방으로 들어갔다. 그녀는 조심스럽게 침대로 다가가 자신의 젊은 손으로 뼈만 앙상하게 남은 그의 커다란 손을 잡았다. 끼찌는 남의 감정을 상하지 않게 하면서 여성적이고 동정 어린 목소리로 그와 얘기하기 시작했다.

"독일 온천 도시에서 뵌 적이 있었어요. 인사를 서로 나누지는 못했지만요." 그녀가 말했다. "제가 당신의 제수가 될 줄은 모르셨겠지요."

"당신은 나를 모르실텐데요." 그녀가 들어오자 환하게 미소 지으며 니꼴라이가 말했다.

"아니요, 알고 있었어요. 아프시다는 걸 저희들에게 잘 알려 주셨어요. 꼬스쨔는 당신에 대해서 생각하고 염려하지 않은 날이 없었어요."

그러나 환자의 활기찬 모습은 오래 지속되지 못했다.

"이 방은 환자에게 좋지 않은 것 같아요. 방을 옮기는 게 좋겠어요. 될 수 있으면 우리 방과 가까운 쪽으로요." 끼찌가 말했다.

레빈은 형을 편안한 마음으로 볼 수 없었고, 형과 함께 있는 것 자체를 자연스럽게 받아들이지 못했다. 하지만 끼찌는 전혀 다르게 생각하고 행동하고 있었다. 그녀는 의사를 부르러 사람을 보내기도 했고, 마리아 니꼴라예브나에게 방 청소를 시키고 자신도 빨래를 하고 침구를 정리했다. 끼찌가 방 정리를 끝냈을 무렵 지독한 냄새는 향긋한 향초 냄새로 바뀌어 있었고, 탁자 위에는 약병과 속옷들이 말끔하게 정돈되어 있었다. 깨끗이 몸이 씻기고 머리도 빗겨진 환자는 흰 셔츠를 입은 채 누워 희망의 빛을 보이며 끼찌를 바라보고 있었다. 의사가 진단을 내리고 돌아간 후 환자는 동생에게 뭔가를 말했지만 레빈은 그저 '너의 까쨔'라는 마지막 말만을 알아들을 수 있었다. 그는 까쨔를 옆으로 불렀다.

"훨씬 좋아진 것 같군요. 전부터 당신이 있었더라면 제 병은 오래전에 나았을 텐데요."

이어서 환자는 동생의 손을 잡았다. 레빈은 형이 손으로 무언가를 하려고 하면서 어디론가 끌고 있는 것을 느꼈다. 형은 그의 손을 자신의 입에 가져가 키스했다. 레빈은 통곡하면서 몸을 떨었고 아무 말도 할 수 없어서 곧 방에서 나와 버렸다.

다음 날 환자는 성찬식과 성유식을 받았다. 성유식이 끝나자 갑자기 환자의 상태가 좋아졌다. 웃기도 하고 끼찌에게 감사를 표현하기도 했다. 그러나 이것은 니꼴라이가 끼찌 앞에서 행한 일시적인 연기에 불과했다. 다시 시작된 고통은 레빈과 끼찌, 환자 자신이 갖고 있는 일말의 희망마저 단숨에 앗아갔다. 새벽이 뇌었지만 환자의 상태는 변함이 없었다. 형의 손을 잡고 있던 레빈은 살며시 손을 놓고 잠을 자러 갔다. 하지만 잠이 깼을 때 환자의 상태는 다소 호전돼 다시 음식을 먹고 얘기할 수 있었지만 짜증이 심해져 모두를 지치게 했다. 이곳으로 온 지 열흘째 되던 날 끼찌는 병이 났다. 두통과 구토로 인해 그녀는 자리에서 일어날 수가 없었다.

"오늘 돌아가실 것 같아요. 두고 보세요." 마리야 니꼴라예브나가 속삭이듯 말했다. 그녀의 예언은 적중했다. 밤이 가까워지자 환자는 손을 들어올릴 힘도 없었고 그저 주의를 집중해서 앞을 물끄러미 바라보고 있을 뿐이었다. 끼찌는 임종 기도를 위해 사제를 부르러 사람을 보냈다. 사제는 기도를 끝내고 차디찬 이마에 십자가를 얹었다.

"임종하셨습니다." 사제는 이렇게 말하고 방에서 나가려고 했다.

"아직은 아니야, 곧……." 고요한 정적이 흐르는 가운데 뚜렷하고 날카로운 소리가 들렸지만 1분이 채 지나기 전에 잠잠해진 그의 입가에 미소가 떠올랐다. 잠시 뒤 모여 있던 여성들은 시신을 수습하기 시작했다. 형의 모습을 보고 죽음이 가까이 있다는 사실을 느끼면서 레빈은 죽음이 지닌 불가피성으로 인해 극도의 공포심을 느꼈다. 레빈은 전보다 더 죽음의 의미를 이해할 수 없었다. 하지만 곁에 있는 아내 덕분에 절망감을 느끼지는 않았다. 그는 죽음에도 불구하고 살고 또 사랑해야 할 필요가 있음을 절실히 느꼈다. 한편 의사는 끼찌의 좋지 못한 몸 상태가 임신 때문이라는 진단을 내렸다.

외면받는 안나

 벳시와 스쩨빤 아르까지이치로부터 안나를 편히 내버려두라는 취지의 말을 들은 알렉세이 알렉산드로비치는 안나 자신도 그것을 바라고 있다는 것을 알게 된 후 심적 동요가 생기는 것을 어쩔 수 없었다. 안나가 집을 떠나자마자 영국인 가정교사가 그와 함께 식사를 해야 하는지 아니면 따로 식사를 해야 하는지를 묻고 나서야 그는 자신의 처지를 깨닫고 경악했다. 아내가 집을 떠난 후 첫 이틀 동안 그는 업무를 보거나 회의에 참석하고 식당에서 식사를 하는 등 겉으로 보기에는 모든 것이 보통 때와 다를 바 없는 것처럼 행동했다. 하지만 자신의 처지와 속마음까지 이해해줄 수 있는 사람은 그에게 없었다. 친근하게 알고 지내는 사람 중에 리지야 이바노브나 백작 부인이 있었지만 여성이라는 이유로 그는 어느 정도 거리를 두고 있는 형편이었다. 어느 날 바로 그 리지야 이바노브나 부인이 이런 착잡한 상황에 놓인 알렉세이 알렉산드로비치를 찾아왔다.

"다 들었어요, 알렉세이 알렉산드로비치! 슬퍼해서는 안돼요. 상심이 크겠지만 위안을 찾으셔야 해요."

"나는 약하고 이제 내 삶은 끝난 거나 마찬가지입니다. 무엇을 의지해야 할지 몰라 두렵기만 합니다."

"나한테 맡겨 주세요. 우리 함께 세료좌를 돌보기로 해요. 난 실무적인 일은 자신 없지만 제가 댁의 가정일을 돌보겠어요."

"감사드리지 않을 수가 없군요."

"나에게 고마워할 필요는 없어요. 신에게 감사드리고 그분께 도와 달라고 간구할 수밖에요. 평안과 위로, 구원과 사랑도 신에게서 찾을 수 있으니까요." 그녀는 하늘을 향해 시선을 돌리고 기도하기 시작했다. 잠시 후 리지야 이바노브나 부인은 세료좌의 방으로 가서 아버지는 훌륭한 성자라고 그에게 말한 뒤 어머니는 이미 죽었다고 얘기했다.

리지야 이바노브나 백작 부인은 알렉세이 알렉산드로비치에게 한 약속을 충실히 이행했다. 그녀는 실제로 그의 집안일을 돌보고 정리하는 일을 했다. 하지만 그녀는 며칠째 흥분을 가라앉힐 수 없었다. 안나와 브론스끼가 뻬쩨르부르그에 와있다는 사실을 알았기 때문이었다. 알렉세이 알렉산드로비치와 안나가 서로 마주치는 일은 없어야 했다. 또한 그가 그런 끔찍한 여자와 한 도시에 지냄으로 인해 그가 언제라도 그녀를 만나게 될지 모른다는 사실로 괴로워하는 일도 없어야 했다. 다음 날 아침 그녀는 안나로부터 한 통의 편지를 받았다. 아들을 꼭 한번 보고 싶다는 내용이었다. 안나를 혐오하던 그녀는 이 편지로 인해 더욱 감정이 상해 하인에게 말했다.

"답장은 없다고 전해 줘요."

한편 안나가 알렉세이 알렉산드로비치 곁을 떠난 것과 비슷한 시기에 그에게는 공직 생활의 가장 괴로운 순간이 찾아왔다. 더 이상 영전하지 못하고 출세가도가 막혀 버린 것이었다. 그것이 경쟁자 스뜨레모프와의 대립이나 안나와의 불행 때문인지, 아니면 그의 운명 때문인지는 확실치 않았으나 그의 경력이 한계에 다다른 것은 분명한 사실이었다. 리지야 이바노브나 부인은 알렉세이 알렉산드로치비에게 상의할 일이 있다면서 안나가 뻬쩨르부르그에 있음을 알려주었다. 그는 순간 몸을 떨고 경직된 표정을 지으며 무기력한 모습을 보였다. "나는 모든 걸 용서했습니다. 또한 아들을 보고 싶어 하는 안나의 요청을 거부할 수 없어요."

"나라면 절대 허락하지 않겠어요. 세료좌는 엄마가 죽은 걸로 알고 있어요. 그녀에게 일말의 양심이 있다면 이렇게 할 수는 없는 일이에요. 당신만 허락하신다면 내가 대신 그녀에게 편지를 쓰겠어요."

알렉세이 알렉산드로비치는 그녀의 말에 동의했고 그녀는 안나에게 아들을 만나는 일은 세료좌의 마음을 심란하게 할 수 있으므로 허락할 수 없다고 편지를 써 보냄으로써 안나를 모욕했다. 리지야 이바노브나 부인을 만나고 돌아온 알렉세이 알렉산드로비치는 브론스끼와 오블론스끼 같은 부류의 사람들을 생각하면서 자신에게는 무슨 죄가 있는지를 회의하고 번민했다.

세료좌는 유모로부터 어머니가 죽지 않았다는 것을 들었고, 아버지와 리지야 이바노브나 부인으로부터 어머니가 나쁜 사람이므로 이미 죽은 것과 같다는 말을 들은 뒤에도 어머니를 만날 것을 기대하고 있었다. 그래서 자기의 생일인 내일 어머니가 자기에게 와주기를 소리내어 기도하고 있었다.

뻬쩨르부르그로 돌아온 브론스끼와 안나는 시내에서 가장 좋은 호텔을 숙소로 사용하고 있었다. 브론스끼는 도착한 그날 형과 어머니를 만났다. 하지만 그들은 안나에 대해서는 한마디 말도 하지 않았다. 사촌 누이 벳시도 자신과 안나와의 관계에 대해 냉담한 반응을 보였고 형수 바랴를 만났을 때에도 마찬가지였다. 마침내 브론스끼는 견딜 수 없이 괴로운 불쾌감과 모욕감을 느끼지 않으려면 사교계 생활을 피하고 낯선 도시에서 지내는 것처럼 뻬쩨르부르그에서 살지 않으면 안 된다는 사실을 깨달았다.

안나는 무엇보다 아들 세료좌를 보고 싶었지만 벌써 이틀을 허비했다. 그녀는 아들을 보게 해달라고 남편에게 간청할 수는 없어서 리지야 이바노브나 부인에게 편지를 써 보냈지만 그녀로부터 답장조차 받지 못하는 굴욕을 맛보아야 했다.

다음 날 아침 일찍 안나는 장난감 가게에 들러 장난감을 산 뒤 과거 자신이 살았던 집으로 향했다. 그녀는 자신이 9년 동안 살았던 이 집이 하나도 변하지 않은 채 그대로 있는 걸 보면서 잠시 갖가지 상념에 젖었다. 문지기에게 3루블 지폐를 쥐여 주고 그녀는 세료좌의 방으로 향했다. 침대 위에는 기지개를 켜고 하품을 한 사내아이가 이내 졸린 듯 다시 자리에 드러눕고 있었다.

"세료좌!" 안나는 아이의 귓가에 대고 속삭였다.

"엄마!" 아이는 통통하고 귀여운 손으로 엄마를 감싸면서 달려들었다.

"난 알고 있었어요. 오늘이 내 생일이니까 엄마가 올 줄 알고 있었어요." "우리 귀여운 꾸찍." 어릴 때 부르던 이름을 부르며 안나가 말했다. "날 잊지는 않았니? 넌……." 하지만 그녀는 더 이상 말을 할 수 없었다. 하지만 세료좌는 어머니가 불행하다는 것과 자기를 사랑하고 있다는 것을 알고 있었다.

"가지 말아요. 아버지는 금방 오시지는 않을 거예요."

"세료좌, 아버지를 사랑해라, 알았지? 아버지는 엄마보다 더 좋고 훌륭한 분이니까. 엄마는 아버지한테 죄를 지었어. 너도 크면 알게 될 거야."

"엄마보다 좋은 사람은 없어!" 아이는 절망해서 소리치면서 눈물을 흘렸다.

"내 귀여운 아가!" 안나도 어린아이처럼 울음을 터뜨렸다. 남편이 오고 있다는 유모의 귀띔을 듣고 안나는 아이에게 키스를 한 뒤 문을 나서다 알렉세이 알렉산드로비치를 만나고 말았다. 그는 안나를 보자 걸음을 멈추고 잠시 고개를 숙였다. 안나는 세료좌에게 아빠를 가리켜 좋고 훌륭한 사람이라고 얘기했지만 막상 남편을 보자 그에 대한 증오와 아들을 빼앗겼다는 질투심에 사로잡혀 베일을 내리고는 빠른 걸음으로 집을 나섰다. 아들에게 주려고 샀던 장난감은 건네주지도 못한 채 그대로 가져와야 했다.

안나는 쓸쓸한 호텔 방으로 돌아온 뒤에도 세료좌와의 만남으로 인한 상처가 가시지 않았다. '모든 게 끝났어. 그리고 난 또 혼자야.' 안나는 이렇게 생각하면서 모자도 벗지 않은 채 창가의 탁자 위에 놓인 청동시계를 물끄러미 바라보았다. 유모가 어린 딸을 안나에게 데리고 왔다. 그녀는 아기를 안고 볼에 키스했지만 그 아기에 대해서 느끼는 감정은 세료좌에 대한 감정과 비교할 때 사랑이라고 말할 수 없을 정도였다. 그녀는 목걸이 속에 있는 세료좌의 갓난아기 때 사진을 빼고 세료좌의 새로운 사진을 집어넣으려고 했으나 마침 페이퍼 나이프가 없었다. 그래서 그녀는 옆에 있던 브론스끼의 사진을 빼내어 그것으로 아들의 사진을 밀어서 빼냈다. '그이는 도대체 어디에 있는 걸까? 어째서 나를 이렇게 혼자 두고 다니는 걸까?' 그녀는 모든 슬픔의 원인이 누구에게 있는지를 생각하면서 그가 자신을 사랑하지 않는 것은 아닐지 고민했다. 그때 브론스끼가 야쉬빈과 함께 곧 오겠다는 전갈을 보내왔고 잠시 뒤 그들이 응접실에 들어왔다. 브론스끼는 안나가 탁자 위에 놓아둔 그녀의 아들 사진을 보느라 그녀를 먼저 쳐다볼 생각을 하지 못했다. 안나는 야쉬빈과 인사를 나눈 후 브론스끼의 손에서 아들의 사진을 잡아채고는 의미 있는 눈길로 그를 바라보았다.

그들이 식사를 하려고 작은 식당으로 갈 때 뚜쉬께비치가 벳시 공작 부인의 메시지를 갖고 왔다. 몸이 불편하기 때문에 여섯 시 반에서 아홉 시 사이에 와달라는 부탁이었다. 브론스끼는 다른 사람들이 안나를 보지 못하도록 시간을 한정시켜 오게 한 그녀의 메시지를 안나가 어떻게 받아들일지 긴장했으나 그녀는 이것을 눈치채지 못한 것 같았다.

"아, 그 시간이라면 저는 갈 수 없을 것 같네요." 안나가 대답했다.

"부인께서 아쉬워하실 텐데요."

"저도 그래요."

"그래도 타를로타 파티의 공연을 들으러 극장에 가시겠죠?"하고 뚜쉬께비치가 물었다.

"파티의 공연이요? 아, 정말 좋은 생각이에요. 좌석만 구할 수 있다면 난 가겠어요."

"그건 제가 알아보죠." 뚜쉬께비치가 대답했다.

브론스끼는 어깨를 으쓱했다. 사교계의 웬만한 사람들은 다 참석할 파티의 공연에 어떻게 그녀가 보러 갈 생각을 할 수 있는지 이해할 수 없었다. 식사를 마친 후 뚜쉬께비치는 좌석을 구하러 나갔고 야쉬빈은 담배를 피우러 밖으로 나갔다. 브론스끼는 안나가 있는 이층으로 올라갔다. 그녀는 벌써 파리에서 제작되어 가슴이 훤히 드러나는 밝은색 실크 드레스를 입은 채 그녀의 얼굴을 더욱 아름답고 돋보이게 하는 흰색의 고급 레이스로 머리장식을 하고 있었다.

"당신 정말 극장에 갈 생각이오?" 그는 그녀를 쳐다보지 않은 채 말했다.

"왜 그렇게 놀라서 물어보시죠? 가면 안되는 이유라도 있나요?" 안나는 그의 말을 이해하지 못한 듯했다.

"그런 곳에 갈 수 없다는 건 당신도 알고 있잖소."

"어째서 갈 수 없다는 건가요?"

"정말 몰라서 묻는 거요?"

"알고 싶지도 않아요! 중요한 건 우리가 서로 사랑하고 있는 거예요. 그 밖의 것은 생각하고 싶지 않아요. 우리는 여기 있으면서 서로 보지도 못하고 있잖아요. 왜 날 쳐다보지 않지요?"

그는 그녀를 보았다. 언제나 변함없이 아름다운 그녀의 얼굴과 옷차림이었다. 하지만 그녀의 그러한 아름다움과 우아함도 지금은 그를 초조하게 만들 뿐이었다. 브론스끼는 자신의 말을 이해하지 않는 안나에 대해 화가 치밀어 올랐다. '저렇게 눈에 띄게 치장을 하고 모든 사람이 다 알아보는 공작의 따님과 함께 극장에 간다는 것은 만천하에 타락한 여인의 현재 상태를 인정하는 것이고, 그 순간 사교계에서 영원히 끝이라는 걸 왜 모르는 걸까?' 하지만 그는 이 사실을 그녀에게 말할 수 없었다. '어머니도 분명히 극장에 가실 게 분명하다. 뻬쩨르부르그의 알 만한 사람은 다 가는 셈이다. 그런데 난 지금 여기서 뭘 하고 있는 건가.' 처음부터 극장에 갈 생각이 없었던 브론스끼는 안나가 극장으로 떠난 뒤 이렇게 고쳐 생각한 뒤 예복을 차려입고 극장으로 급히 발길을 옮겼다.

극장에 들어선 브론스끼는 좌석에 앉아서 오페라글라스

를 갖고 특별석 쪽을 주시했다. 곧 그는 레이스 속에서 아름다운 얼굴을 드러낸 채 자랑스럽게 미소 짓고 있는 그녀를 발견했다. 모스끄바의 무도회에서 느꼈던 것과 조금도 변함없는 아름다움이었다. 하지만 브론스끼에게 지금 그 아름다움은 예전과 전혀 다르게 느껴졌고 신비롭지도 않았을 뿐만 아니라 오히려 그에게 모욕을 안겨 주고 있었다. 안나의 왼편 좌석에는 까르따소프 부부가 있었다. 브론스끼와 안나 모두 아는 사람들이었다. 하지만 그 부인은 흥분한 얼굴로 무언가를 중얼거리고 있었고, 커다란 체격의 대머리 신사인 까르따소프는 안나를 보면서 부인을 달래고 있었다. 안나는 일부러 그를 무시하면서 등을 돌린 채 야쉬빈과 얘기를 하고 있었다. 안나의 얼굴 표정으로 볼 때 무슨 일이 벌어진 것은 확실했다. 그는 특별석 쪽으로 걸음을 재촉했다. 특별석에는 브론스끼의 어머니와 형이 있었다. 브론스끼는 복도에서 공작 영애 소로끼나와 형수 바랴를 만났다. 형수는 소로끼나를 특별석에 데려다 주고는 돌아와 브론스끼에게 얘기했다.

"어떻게 까르따소프 부인이 그렇게 할 수 있는지 모르겠어요. 까르따소프가 안나와 얘기를 하려고 하자 갑자기 그 부인이 소동을 부렸다지 뭐예요. 뭔가 큰 소리로 안나를 모욕하고 나가 버렸대요."

"백작님, 어머니께서 뵙자고 하십니다." 소로끼나 공작 영애가 특별석 문을 열고 말했다.

"널 계속 기다리고 있었다." 어머니는 비웃는 듯 말했다.

"까레니나 부인에게 가서 환심을 사지 않고 뭐하는 거니?" 소로끼나 공작 영애가 자리를 뜨자 어머니가 말했다. "그 여자는 가는 곳마다 물의를 빚는구나. 여기 있는 사람들이 그 여자 때문에 파티 공연도 잊고 있어."

"어머니, 그 얘기는 하시지 말라고 제가 부탁드렸는데요." 브론스끼는 심기가 불편한 듯 대답했다. 어머니와 짧은 대화를 나눈 뒤 그는 안나에게 다가갔다.

"늦게 오셔서 제일 좋은 아리아를 듣지 못한 것 같네요." 그녀는 브론스끼가 생각하기에 비웃는 듯한 어조로 말하면서 그를 바라보았다.

"난 음악에 대해선 잘 모르니까." 그는 그녀를 똑바로 쳐다보며 대답했다. 그녀는 일어서서 특별석 쪽으로 돌아갔다. 하지만 브론스끼는 이어지는 공연의 다음 막에서 그녀의 좌석이 비어 있는 것을 확인하고는 서둘러 집으로 돌아갔다.

안나는 벌써 집에 돌아와 있었다. 브론스끼가 방에 들어갔을 때 그녀는 아직도 극장에서 입고 있던 옷차림 그대로였다.

"안나." 그가 입을 열었다.

"당신, 당신이 잘못한 거예요!" 안나는 눈물을 흘리면서 절규했다.

"그래서 내가 가지 말라고 부탁했던 거요. 이렇게 불쾌한 일이 생길까봐 그랬던 거요."

"끔찍했어요! 그 여자는 내 옆에 앉는 게 수치스럽다고 했어요."

"어리석은 여자가 한 말이오."

"당신이 아무렇지도 않게 있었던 걸 증오해요. 날 그렇게 내버려둘 수는 없는 일이었어요. 당신이 날 사랑하고 있다면……."

"안나, 여기서 왜 사랑 이야길 꺼내는 거요……."

그는 그녀가 불쌍했지만 그래도 화가 나는 것을 어쩔 수 없었다. 그는 그녀를 사랑하고 있다고 안심시켰다. 그것만이 지금 그녀를 위로할 수 있는 유일한 방법이었기 때문이었다. 또한 그는 말로 표현하지는 않았지만 속으로 그녀의 잘못을 탓하고 있었다. 이 일이 있은 다음 날 그들은 화해를 하고 시골을 향해 떠났다.

브론스끼의 영지

돌리는 뽀끄롭스꼬예에 있는 동생 끼찌네 집에서 아이들과 함께 여름을 보냈다. 그녀의 영지에 있는 집은 너무 낡고 오래되었기 때문에 레빈과 끼찌가 여름을 같이 보내자고 돌리를 설득한 것이었다. 끼찌의 어머니인 노공작 부인도 딸을 뒷바라지하기 위해 사위의 집에 와있었고, 끼찌가 외국에서 요양할 때 사귄 바렌까 역시 손님으로 와있었다. 또한 레빈의 형 세르게이 이바노비치도 머물고 있어서 레빈의 집은 빈 방이 없을 정도였다. 부인들은 점심 식사를 마친 뒤에는 테라스에 모여 아이들의 셔츠를 손질하거나 뜨개질을 하면서 이야기꽃을 피웠다. 끼찌는 친정에서 배운 잼 만드는 법을 활용해 물을 붓지 않고도 잼을 만들어내 아가피야를 놀라게 했다. 그러던 어느 날 요란한 마차 소리와 함께 스쩨빤 아르까지이치가 레빈의 집에 도착했다. 마차 안에는 셰르바쯔끼 집안과 먼 사촌지간으로 몸

집이 좋고 잘생긴 베슬롭스끼가 앉아 있었다. 뻬쩨르부르그와 모스끄바 사교계를 드나들고 있는 그는, 스쩨빤 아르까지이치의 말에 따르면 사냥에 푹 빠진 사람이었다. 스쩨빤 아르까지이치는 돌리에게 베슬롭스끼가 안나에게 다녀오는 길이라면서 그녀가 이곳에서 멀지 않은 곳에 있다고 말했다.

"안나가 있는 곳에 다녀오셨다구요? 그녀는 어떻게 지내고 있나요?" 돌리가 베슬롭스끼를 향해 물었다.

"그쪽 사람들은 다들 잘 지내고 있습니다." 베슬롭스끼가 브론스끼와 안나에 대해 말했다.

"자네는 언제 또 갈 생각이 있는가?" 스쩨빤 아르까지이치가 그에게 물었다.

"저는 7월에 거기에서 보낼 생각을 하고 있어요."

"당신도 가보겠소?" 스쩨빤 아르까지이치가 아내에게 물었다.

"저는 오래전부터 꼭 한번 가보고 싶었어요. 저 혼자 다녀오겠어요. 당신과 같이 가지 않는 게 더 나을 거예요."

"그거 잘됐군." 스쩨빤 아르까지이치가 말했다.

한편 레빈은 자신의 아내인 끼찌를 향한 베슬롭스끼의 태도를 못마땅하게 여기고 있었다. 끼찌를 부드럽게 바라보는 베슬롭스끼의 눈빛과 그녀를 따라다니는 모습이 눈에 거슬렸고, 비대한 허벅지를 다른 쪽 허벅지 위에 올려

놓은 채 수다를 떠는 모습도 그의 마음에 들지 않았다. 다음 날 아침 사냥터로 떠날 채비를 하고 베슬롭스끼가 맨 처음 모습을 드러냈다. 허벅지까지 올라오는 가죽 장화를 신고 녹색점퍼에 리본 모자, 멜빵이 없는 최신 영국제 소총까지 들고 있었다. 스쩨빤 아르까지이치는 가죽 샌들에 찢어진 바지를 입고 고급 탄약통과 함께 최신 엽총을 들고 나타났다. 베슬롭스끼는 솔직하고 선량한 성격을 가진 쾌활한 젊은이로 손톱을 길게 기르고 모자에 신경을 쓰는 등 옷맵시에도 자부심을 갖고 있었다. 하지만 사냥터로 떠난 지 얼마 되지 않아 지갑을 두고 왔다는 베슬롭스끼 때문에 레빈은 마부를 보내 지갑을 갖고 오게 해야 했다. 또한 베슬롭스끼가 엽총의 안전장치를 한쪽만 해두는 바람에 갑자기 말이 내달리자 총신에서 총알이 발사되는 아찔한 순간이 발생하기도 했다. 레빈은 말 고삐를 잡아보고 싶다고 계속 떠들어 대는 베슬롭스끼에게 마차를 잠시 맡겼지만 그는 마차를 수렁에 빠지게 했고 말을 끌어낼 줄도 몰랐기 때문에 레빈의 심기를 불편하게 만들었다. 뿐만 아니라 밤에는 인근 농가에 가서 여인들과 어울리다가 오는가 하면 엄청난 식욕을 자랑하며 식사를 한 탓에 끼찌가 싸 보낸 일주일 분량도 더 되는 음식이 동이 나기도 했다.

사냥터에서 돌아온 뒤에도 끼찌에 대한 베슬롭스끼의 행동은 달라지지 않았다. 레빈은 돌리에게 이 문제에 대해

의견을 물었다.

"솔직하게 말씀을 해주셨으면 좋겠습니다. 저 베슬롭스끼의 행동을 보면서 남편으로서 보기 불쾌하거나 모욕을 느낄 만한 점은 없었다고 보십니까?"

"글쎄요. 보통 사교계에서라면 저분의 태도는 일반적인 건지도 모르지요. 젊고 아름다운 부인에게 살갑게 대하고 있으니까요. 다만 스찌바도 차를 마신 다음 분명히 그런 말을 하더군요. '확실히 베슬롭스끼는 끼찌에게 마음이 있는 거야.'라고 말이에요."

"아아, 잘됐군요, 그럼 저도 이젠 마음이 한결 편해졌습니다. 곧 저 녀석을 쫓아 버리겠습니다."

"아니, 그게 무슨 말씀이세요? 제 정신으로 하시는 말씀인가요? 내가 스찌바에게 말하겠어요. 그 양반이 좋게 말해서 돌아가게 할 거예요."

"내가 직접 말하겠습니다."

"하지만 싸움이라도 벌어지면……."

"그런 일은 전혀 없을 겁니다. 전 오히려 즐거울 것 같은데요." 레빈은 정말 기분 좋은 듯한 눈빛을 하며 말했다. 레빈은 곧장 베슬롭스끼를 찾아가 그를 바라보며 말했다.

"마차가 준비됐고 당신은 정거장까지 가셔야 합니다. 이만 돌아가 줬으면 합니다. 내 무례함에 대해선 당신이 어떻게 생각하든 상관없습니다." 레빈이 잘라 말했다.

베슬롭스끼는 급히 몸을 끌어당겨 자세를 바르게 했다.

"갑자기 무슨 영문인지 이유라도 알려 주시면……."

"당신에게 일일이 설명할 수는 없군요." 잔뜩 긴장된 양팔과 오늘 아침 체조를 할 때 드러내 보인 근육, 그리고 빛나는 두 눈, 조용한 목소리와 함께 씰룩이는 턱뼈가 다른 어떤 말보다 베슬롭스끼를 납득시킨 것 같았다. 그는 어깨를 으쓱하고는 업신여기듯 웃은 뒤 고개를 끄덕였다. 얼마 뒤 그는 스코틀랜드 풍의 모자를 쓰고 가죽 각반을 두른 채 떠나가는 마차 위에 앉아 있었다.

돌리는 자신이 직접 찾아가길 원했던 대로 안나를 보러 갔다. 낡은 마차에 몸이 흔들리는 걸 느끼면서 그녀는 안나를 생각했다. '어째서 그녀가 비난받아야 하는 걸까? 그녀는 살고 싶었던 거다. 나 역시 그녀처럼 행동했을지도 모른다. 그녀가 모스끄바로 찾아와 내게 해줬던 충고를 들은 게 잘한 일이었을까? 내가 그때 남편을 버리고 새 인생을 시작했더라면 정말 사랑하고 사랑받을 수 있었을 텐데. 과연 지금이 낫다고 말할 수 있을까? 나는 남편을 존경하진 않지만 내겐 남편이 필요해서 참고 있는 것 아닌가. 그때라면 나도 아직 아름다웠고 더 사랑받았을지도 모르는데.' 이렇게 생각한 돌리는 문득 거울을 들여다보고 싶어졌다. '안나가 잘한 거야. 나는 그녀를 비난할 수가 없어.

그녀는 자신뿐만 아니라 상대방까지도 행복하게 했으니까. 그녀는 여느 때처럼 싱그럽고 현명하게 처신하겠지.'
이런저런 생각을 하는 동안 돌리가 탄 마차는 보즈드비줸스꼬예로 가는 길에 들어섰다. 브론스끼의 저택을 향해 가던 돌리는 마침 그곳에서 말을 타고 있던 브론스끼와 안나를 보았다. 안나는 갈기가 깎인 채 짧은 꼬리를 한, 튼튼해 보이는 영국산 말을 타고 있었다. 높이 세워 쓴 모자 밑으로 아름답게 흘러내린 그녀의 검은 머릿결, 적당한 어깨살, 검은 승마복 속 날씬한 허리, 우아한 승마 자세 등 모든 것이 돌리를 매료시켰다. 지금까지 돌리는 승마를 젊은 여인들이 벌이는 천박한 교태 정도로 치부하고 있었으나 안나가 말을 타고 있는 모습을 보자 자신의 생각을 고치지 않을 수 없었다. 낡은 포장마차에 앉아 있던 부인이 돌리라는 것을 확인한 안나는 기뻐서 얼굴이 환해졌다.

"아아, 정말 반가워요. 내가 얼마나 기쁜지 언니는 상상도 못 하실 거예요."

브론스끼도 회색 모자를 벗고 돌리 곁으로 다가왔다.

"당신이 와주셔서 얼마나 우리가 기쁜지 당신은 믿지 못하실 겁니다." 튼튼하고 고른 이를 드러내고 반가워하면서 그는 자신의 말에 특별한 의미를 부여했다. 안나는 집까지 돌리와 함께 가면서 얘기했다.

"난 만족해요. 미안할 정도로 행복하고, 이곳으로 온 뒤로는 정말 행복해요……." 그러자 돌리는 마차 안에서 얘기가 길어지는 것이 어색한 나머지 자기의 생각을 줄여서 말했다.

"난 아무 생각도 하지 않아요. 난 언제나 당신이 좋아요. 누군가를 사랑한다는 것은 지금 있는 그대로의 사람을 사랑하는 것이지, 나중에 어떤 사람이 되기를 바라면서 사랑하는 건 아닐 테니까요."

안나는 눈을 들어 가늘게 뜨고(이것은 돌리가 알지 못했던 그녀의 새로운 버릇이었다) 그 말을 이해하려고 했다. 그녀는 그 말을 충분히 이해한 듯 돌리를 바라보며 말했다.

"만약 당신한테 잘못한 게 있어도 당신이 여기 와주신 것과 당신이 방금 해준 말로 인해 모두 용서가 됐을 거예요."

돌리는 안나의 눈에 눈물이 맺힌 것을 보고 그녀의 손을 꼭 잡아 주었다.

"그런데 저 건물들은 뭐지요? 굉장히 많은데요!" 잠시 말없이 있다가 돌리가 안나에게 물었다.

"저것은 저택에서 일하는 사람들의 집과 공장, 마굿간들이에요. 그리고 바로 여기서부터 공원이 시작돼요. 모두 황량하기 그지없었는데 알렉세이가 새로 꾸민 거랍니다. 그이는 이 영지를 무척 좋아하고 있어요. 저쪽에 큰 건물이 보이나요? 저건 새로 짓고 있는 병원이고요. 제 생각에 10만 루블 이상은 들었을 거예요. 이제 곧 저택이 보일 거예요."

"정말 멋지네요!" 돌리는 다양한 초록색 풀들과 오래된 나무들이 있는 정원 뒤에서 원주들로 멋지게 둘러싸인 저택을 자신도 모르게 감탄하며 바라보았다. 돌리가 안내 받은 방은 새 벽지와 양탄자를 비롯해서 스프링이 있는 침대, 대리석 세면대와 화장대 등 모두 최고급 세간들로 장식되어 있었다. 심지어 그곳에서 일하는 하녀조차 멋진 옷을 입고 최신 머리 장식을 하고 있어서 기워 입은 옷을 입고 있던 돌리가 무안함을 느낄 정도였다. 곧 단순해 보이는 삼베 드레스로 갈아입은 안나가 방에 들어와 돌리를 딸의 방으로 안내했다. 아기의 방도 영국제 장난감 마차와 보행기, 요람과 욕조 등 모두 값비싼 제품들로 꾸며져 돌리를 놀라게 했다. 하지만 돌리는 그들이 나누는 대화를 통해 안나와 유모, 보모가 서로 어울리지 못하고 있는 듯한 느낌을 받았고, 특히 안나는 보통 때에는 아기 방에 들르는 일이 없다는 것을 깨달았다. 안나는 아기에게 장난감을 건네주려고 했지만 그게 어디 있는지도 모르는 것 같았다. 심지어 아기에게 이가 몇 개 났는지를 물었지만 그녀는 제대로 답하지 못했고, 최근에 새로 난 이에 대해서는 알지도 못했다.

저녁 식사 때까지 남은 시간에 브론스끼와 안나는 돌리와 함께 공사가 한창인 병원을 둘러보았다. 브론스끼는 최신 환기 시설과 대리석 욕조, 스프링 침대와 난방 시스템, 세탁 시설 등을 보여 주었다.

"그런데 이곳에 산부인과는 두지 않나요?" 돌리가 갑자기 물었다. "시골에서도 정말 필요하거든요. 저도 자주……."

평소 예의 바르고 정중한 브론스끼가 이례적으로 말을 막았다.

"이 병원에 산부인과를 둘 계획은 없습니다. 여기서는 전염병을 제외한 모든 질병을 치료할 겁니다."

돌리는 자연스럽게 자신의 일에 열중하고 있는 브론스끼의 태도를 보면서 점차 그에 대해서 긍정적인 생각을 갖게 됐다. 안나가 그를 사랑하게 된 이유 역시 이해하게 되었다. 잠시 뒤 브론스끼는 안나와 떨어져서 돌리와 말없이 길을 걸었다.

"안나에게 상당한 영향력을 갖고 계시고, 그 사람도 당신을 사랑하고 있으니 나를 좀 도와주셨으면 합니다."라고 브론스끼가 말하기 시작했다. "당신은 고통스런 상황에 있는 그녀에게 도움을 주러 오셨겠지요. 물론 안나의 고통을 나보다 더 절실히 느끼는 사람은 없을 겁니다만……." 브론스끼가 돌리를 돌아보며 말했다.

"물론 사교계에서 안나의 입장이 곤란하리라는 것은 알고 있어요."

"사교계는 지옥이나 다름없습니다! 뻬쩨르부르그에서 머무는 2주 동안 그녀가 당한 고통은 상상도 못할 겁니다." 그는 눈살을 찌푸리면서 말했다.

"하지만 여기서는 사교계도 필요없고, 당신은 행복하게 살 수 있어요. 그녀 역시 자신이 행복하다고 말했구요." 돌리는 미소를 지으며 말했다.

"예, 안나는 지금 행복해하고 있습니다. 하지만 나는 어떻습니까? 나는 앞으로의 일이 더 걱정입니다. 지금 내 딸이 있지만 그 아이는 법적으로 내 딸이 아니고 까레닌의 딸로 돼있습니다. 이런 거짓은 정말 참을 수 없습니다!" 인정할 수 없다는 걸 힘찬 동작으로 표시한 뒤 우울하게 돌리를 쳐다보았다.

"언젠가 사내아기가 태어날지도 모릅니다. 그러나 그 아기는 내 아들이면서 동시에 법적으로는 까레닌의 자식이 됩니다. 내 성도, 내 재산도 상속할 수 없는 셈이지요. 내가 이런 말을 안나에게 하려고 해도 이런 얘기는 그녀를 자극하기만 할 겁니다. 일을 하는 데 있어서 무엇보다 중요한 것은 자신이 하고 있는 이 일이 자신과 함께 소멸하는 것이 아니라 후계자를 통해 지속된다는 신념을 갖는 겁니다. 나와 내가 사랑하는 여자 사이에서 태어난 아이가 내 자식이 되지 못하고 우리들을 증오하고 있는 다른 사람의 자식이 되는 상황을 한번 상상해 보십시오. 정말 끔찍한 일입니다!"

"예, 그건 그렇지요. 하지만 도대체 안나가 뭘 어떻게 할 수 있겠어요?" 돌리가 물었다.

"안나는 할 수 있습니다. 그녀의 남편도 이혼을 허락했습니다. 제발 안나를 설득해서 이혼을 요구하는 편지를 쓰게 해주십시오. 부탁입니다!"

"좋아요, 제가 얘기해 보겠어요." 돌리가 이렇게 말한 뒤 둘은 저택을 향해 걸어갔다.

저녁 식사 후 차를 마시고 배를 타며 시간을 보낸 돌리는 방으로 돌아와 잠을 청하려 했다. 안나가 잠옷 차림으로 들어온 것은 그때였다. 안나는 무슨 말부터 해야 할지 망설이다가 갑자기 물었다.

"끼찌는 잘 지내고 있나요?" 미안한 듯 안나가 돌리를 보며 얘기를 꺼냈다. "사실대로 말해 주세요. 끼찌는 나에게 화를 내고 있겠지요?"

"아니에요, 그렇지 않아요. 지금 레빈이라는 훌륭한 사람과 함께하고 있으니까요."

"그렇다면 정말 다행이네요." 안나가 기쁜 듯 말했다.

"나는 그이 없이 여기서 혼자 지내야 할 때가 있어요. 앞으로도 그런 생활이 계속 반복되겠죠." 안나가 조용히 말했다.

"알렉세이가 원하는 대로 내버려 두세요."

"오늘 그이가 당신에게 무슨 얘길 했나요?"

"그 사람이 제게 한 말은 저도 말하고 싶었던 거였어요. 내가 무슨 생각을 하고 있는지는 안나도 잘 알 거예요……. 그래도 역시 가능하다면 결혼하는 게 낫겠지요……."

"이혼 말인가요?" 안나가 말했다. "뻬쩨르부르그에서 나를 찾아왔던 유일한 여자는 벳시 뜨베르스까야였어요. 당신도 그 여자를 알고 있나요? 타락한 여자예요. 정말 더러운 방법으로 남편을 속이고 뚜쉬께비치와 관계를 맺고 있죠. 그런 벳시조차 내가 처한 상황이 제대로 호전되지 않는다면 나와 더 이상 만날 수 없다고 하더군요."

"브론스끼는 자신의 딸을 법적으로 떳떳하게 자신의 딸로 만들고 싶어 해요. 또 안나의 남편으로서의 권리도 갖고 싶어 하고 있고요."

"그건 불가능해요! 그리고 또 뭘 얘기했나요?"

"가장 중요한 건 당신의 아이들에게 떳떳이 성을 갖게 해주고 싶다는 거였어요."

"아이들이라니 그게 무슨 말이지요?" 안나는 돌리를 보지 않은 채 눈을 가늘게 뜨면서 물었다.

"아냐와 앞으로 생기게 될……."

"그 문제라면 그이는 마음 놓아도 될 거예요. 앞으로 아이는 안 생길 테니까요……."

"아이가 안 생길 거라니 어떻게 그렇게 말할 수 있죠?"

"안 생길 거예요. 내가 원하지 않으니까요." 안나는 몹시 흥분했지만 놀라서 쳐다보는 돌리의 표정을 보고는 미소 지으며 말했다.

"병을 앓고 난 뒤 의사가 그렇게 말했어요."

"그럴 리가요!" 눈을 크게 뜨면서 돌리가 말했다. 아이를 한 명, 혹은 두 명 밖에 두지 않은 가정의 비밀을 알게 된 돌리는 놀란 나머지 안나를 멍하니 쳐다보고 있었다.

"정말이지 그건 부도덕한 일이 아닐까요?" 돌리는 한참 뒤에 프랑스어로 물었다.

"왜 그렇게 생각하세요? 임신을 하는 것과 환자로 사는 것, 아니면 남편의 친구로서 사는 게 있을 뿐이에요. 내가 그의 아내가 아니라는 사실을 이해해 줘요. 물론 그 사람은 나를 사랑하는 동안은 내게 애정을 갖고 대해 주겠지요. 하지만 나는 어떻게 해야 그의 사랑을 유지할 수 있을까요? 이런 꼴로는 유지할 수 없겠지요?"

안나는 흰 양손을 자신의 배 앞으로 쭉 뻗어 내보였다. 돌리는 아무 말도 하지 않은 채 그저 한숨만 내쉬었다.

"당신은 이게 잘못된 거라고 말하는 거지요? 생각해 보세요. 내가 어떻게 아이를 기대할 수 있겠어요? 다른 성을 갖다 쓰게 될 불행한 아이들이 될 거예요."

"그래서 더욱 이혼이 필요한 거예요."

하지만 안나는 듣고 있지 않았다. "모두들 내게 이혼을 하라고 말하고 있어요. 하지만 그 사람이 허락하지 않을 거예요. 왜냐하면 그 사람은 지금 리지야 이바노브나 백작 부인 말을 듣고 있으니까요. 만약 허락한다고 해도 그 아이는 어떻게 되겠어요? 아이는 절대 나에게 내주지 않겠지요. 아이는 아버지 슬하에서 자라면서 나를 경멸하겠죠. 이해해 줘요. 난 지금 세료좌와 알렉세이를 둘 다 똑같이 사랑하고 있는 것 같아요, 나 자신보다도 더 말이죠."

돌리는 아무리 이해를 하려고 해도 안나를 이해하기 어려웠고 자신이 속했던 세계가 더없이 고귀하고 정겹게 느껴져서 더 이상 이곳에서 지내고 싶지 않았다. 자기 방으로 돌아온 안나는 모르핀이 들어 있는 약물을 컵 속에 조금 넣어 마신 뒤 마음을 진정시켰다. 이튿날 돌리는 더 머물다 가라는 브론스끼와 안나의 만류에도 불구하고 짐을 챙겨 집으로 돌아갔다.

식어 가는 사랑

브론스끼와 안나는 이혼에 대해 어떤 조치도 취하지 않은 채 여름과 가을을 보내고 있었다. 하지만 가을이 되면서 손님이 점차 뜸해지자 그들 스스로 이런 생활을 견디기 어려울 것이라고 생각하게 되었다. 물론 그들의 생활은 더 바랄 수 없을 만큼 훌륭해 보였다. 막대한 재산을 갖고 있었으며 그들 모두 건강했고 아이도 있었으며 각자 할 일이 있었다. 찾아오는 손님이 없어도 안나는 변함없이 화장을 했고 소설이나 책 등을 즐겨 읽었다. 뿐만 아니라 그녀는 브론스끼의 사업과 관련된 일에도 상당한 관심을 갖고 있었기 때문에 그는 농업이나 건축, 말 사육, 스포츠에 관한 것까지 그녀에게 질문하고 조언을 받기도 했다. 병원을 건립하는 문제도 안나가 관심을 가진 사안이었다. 하지만 그녀가 무엇보다 관심을 가졌던 것은 자신이 브론스끼에게 얼마나 소중한 존재인가 하는 점이었고, 그럴수록 그녀는 브론스끼와 가까이 있으려고 했다. 하지만 시간이 흐를수록 안나의 이러한 구속을 점차 부담스러워한 브론스끼는 자유롭고 싶은 욕구와 각종 회의나 경마 등으로 읍내에 가는 일로 안나와 마찰을 빚기도 했다.

10월에 브론스끼와 스비야쥐스끼, 꼬즈느이셰프, 오블론스끼의 영지가 속해 있는 까쉰 주에서 귀족회장 선거가 있었다. 까쉰 주에는 레빈의 영지도 일부 포함되어 있었다. 오래전부터 이 귀족회장 선거에 가보기로 스비야쥐스끼와 약속했던 브론스끼는 안나에게 전에 없던 냉정한 표정을 지으며 선거 문제로 여행을 떠나겠다고 말했다. 하지만 웬일인지 안나는 침착하게 언제쯤 돌아오는지를 물었다. 놀랄 만큼 침착하게 대응하는 안나의 모습을 보고 오히려 당황한 그는 그녀를 주의 깊게 바라보았지만 그녀가 그런 모습을 보일 때는 그녀가 뭔가를 결심할 때라는 것을 알고 있었기 때문에 내심 두려운 생각이 들었다. 하지만 지금 이 시점에서 여행 문제로 그녀와 다투고 싶지는 않았다.

"내가 없는 동안 당신이 지루해하지 않았으면 좋겠소."

"괜찮을 거예요. 어제 고찌예로부터 책 한 상자를 받았거든요. 지루하지는 않을 거예요."

두 사람이 서로의 속마음을 털어놓지 않고 떨어져 지내는 것은 이번이 처음이었다. 이것이 그를 불안하게 했지만 다른 한편으론 더 낫다고 그는 생각했다. '처음엔 지금처럼 뭔가 불분명하고 감춰둔 거라도 있는 것처럼 느껴지겠지만 나중엔 그녀도 익숙해지겠지. 그녀를 위해선 뭐든지 하겠지만 남자로서의 독립만큼은 나로서도 어쩔 수 없는 일이야.' 그는 이렇게 생각했다.

한편 레빈은 끼찌의 출산을 위해 9월부터 모스끄바에서 지내고 있었다. 그 무렵 까쉰 주에 영지를 갖고 있던 형 꼬즈느이셰프는 선거에 출마할 준비를 하면서 동생에게 함께 갈 것을 권하고 있던 참이었다. 외국에 거주하고 있던 누이 때문에 마침 까쉰 주에 갈 일이 있었지만 아직 다녀올지 여부를 결정하지 못하고 있던 레빈은 모스끄바에서 무료하게 시간을 보내는 자신을 보다 못한 끼찌가 80루블이나 하는 귀족단 제복을 맞춰 버리는 바람에 까쉰 주로 여행을 떠나게 되었다. 까쉰 주에 온 지 엿새가 지났지만 복잡한 절차와 형식적인 업무 때문에 계획했던 일을 제때 매듭짓지 못한 레빈은 과거에는 별다른 의미를 두지 않던 선거에도 진지한 의미가 있을 거라는 생각을 하고 있었다. 서로 다른 후보들을 열렬히 지지하는 그런 어수선한 선거장 분위기 속에서 레빈은 브론스끼를 우연히 만났다.

"반갑습니다. 전에 한 번 뵌 적이 있지요……. 셰르바쯔끼 공작 댁에서." 브론스끼는 레빈에게 악수를 청하며 말했다.

"예, 그때 일은 잘 기억하고 있습니다." 레빈은 얼굴을 붉히면서 대답한 뒤 형과 얘기를 시작했다. 브론스끼는 레빈과 길게 얘기를 나누고 싶은 생각은 없는 듯 했다.

선거가 끝나고 새로 선출된 귀족회장과 승리를 자축하는 많은 사람들은 브론스끼가 머무는 저택에서 만찬을 즐겼다. 브론스끼는 시골생활이 지루하기도 했고, 안나에게 자신이 누릴 자유를 분명히 밝혀 두고 싶은 마음도 있었기 때문에 선거에 참여했지만 보다 중요한 이유는 귀족이자 지주로서 자신의 의무를 다하고 싶었기 때문이었다. 하지만 브론스끼는 선거라는 과정이 이토록 흥미진진하고 자신을 열중하게 만들 줄은 미처 생각지 못했다. 그의 재산과 읍내에 소유하고 있는 호화로운 저택, 자신이 직접 데리고 온 요리사와 지사와의 특별한 친분관계 등을 통해 그는 분명히 이번 선거에서 승리하는 데 일익을 담당했고, 이제는 자신이 지금까지 교제한 모든 귀족들이 자신에게 호의를 갖고 있음을 느꼈다. 선거 자체도 그를 매료시켜서 향후 3년 안에 결혼을 하게 된다면 자신이 직접 입후보하겠다는 생각까지 하게 되었다.

식사는 더할 나위 없이 훌륭했다. 러시아 업자로부터 구매한 것이 아니라 직접 외국에서 수입한 포도주를 비롯해 모든 것이 품격이 있었고 분위기는 화기애애했다. 브론스끼는 시골에서 이처럼 유쾌한 분위기를 즐길 수 있다는 데

만족했다. 그때 하인이 편지를 쟁반에 담아 브론스끼에게 가져왔다. 안나한테서 온 편지였다.

> 아이가 너무 아픈데, 의사는 폐렴이 될지도 모른다고 얘기하고 있어요. 나 혼자서는 어떻게 해야 할지 모르겠어요. 당신을 기다린 지 벌써 사흘째예요. 어디서 무엇을 하고 계신 건가요? 내가 직접 가려고 했지만 당신 마음을 상하게 할 것 같아 편지를 보냅니다. 어떻게 해야 할지 답장을 해주세요.

아이가 아프다는데도 그녀는 직접 여길 오려고 한 것, 아픈 딸의 소식과 그녀의 적대적인 말투를 접하면서 브론스끼는 선거에서 승리한 뒤의 즐거운 축하연 자리와 그가 돌아가야만 하는 음울하고도 무거운 사랑 사이에서 심각한 갈등을 느꼈다. 그는 밤에 첫 기차를 타고 집으로 향했다.

안나는 그동안 브론스끼가 외출할 때마다 그와 벌이는 언쟁이 그의 애정을 식게 만들 뿐이란 사실을 깨닫고 될 수 있는 한 평정심을 유지하려고 애쓰고 있었다. 그러나 브론스끼가 선거를 위해 떠나겠다고 말할 때 내보였던 싸늘한 시선은 안나가 모욕을 느낄 정도였다. '그 시선은 애정이 식었다는 걸 보여 주는 단적인 증거야.' 안나는 자신의 사랑과 매력으로 그를 붙잡아둘 수밖에 없었다. 그리고 지금까지 그랬듯이 낮에는 일에 몰두하고 밤에는 모르핀에 의지하여 그의 사랑이 식지 않을까 하는 두려운 생각을 애써 억누르고 있었다. 바로 그때 딸이 아프기 시작했고 안나는 성급한 마음에 브론스끼에게 편지를 써서 보냈던 것이었다. 곧 밖에서 마차 소리가 들렸다.

"아니는 어떻게 됐소?" 브론스끼는 달려오는 안나를 밑에서 올려보면서 조심스럽게 물었다.

"괜찮아졌어요. 많이 나아졌어요."

"그럼 당신은 괜찮소?"

안나는 양손으로 그의 손을 잡고 자신의 허리 쪽으로 그를 끌어당겼다.

"잘됐군." 그는 안나의 머리 모양과 드레스를 차가운 시선으로 쳐다보며 말했다. 모든 것이 그를 위해 단장한 모습이었다.

밤 늦은 시각에 안나는 브론스끼에게 물었다.

"당신, 내 편지를 보고 짜증이 난 건 아니었나요?"

"아, 사실 이해하기 힘들었소. 아니가 병이 났다고 하면서도 당신은 내게 달려오려고 하다니 말이오."

"하지만 그건 모두 사실이었어요. 당신은 지금 날 의심하고 있군요."

"의심한 적은 없소. 다만 어쩔 수 없는 일이 있다는 것도 이해할 필요가 있소. 곧 집안 문제로 난 모스끄바에 다녀와야 할 일도 있소. 안나, 어째서 그렇게 초조해하는 거요?"

"당신이 모스끄바에 간다면 나도 같이 가겠어요. 나도 여기 혼자 남아있기는 싫어요. 헤어지든지 아니면 함께 가든지 둘 중의 하나예요."

"내가 바라는 게 무언지 당신도 알고 있잖소? 그렇게 하기 위해서는……."

"이혼을 말하는 거지요? 좋아요. 그 사람에게 편지를 쓰겠어요. 나도 더 이상 이렇게 살 수는 없어요. 당신과 함께 모스끄바에 가겠어요."

안나는 남편에게 이혼을 요청하는 편지를 썼다. 알렉세이 알렉산드로비치로부터 답장을 기다리면서 안나는 11월 말에 브론스끼와 함께 모스끄바로 떠나 부부처럼 지냈다.

한편 레빈 부부는 벌써 석 달째 모스끄바에서 지내고 있었다. 끼찌의 출산은 이미 예정일을 넘긴 지 오래였지만 뱃속에서 자라나는 아기에 대한 사랑으로 충만한 그녀는 행복을 느꼈다. 그러던 어느 날 대모 마리야 보리소브나 노공작 부인이 그녀를 만나고 싶다는 전갈을 전해 왔다. 자신의 몸 상태 때문에 아무 데도 나가지 않고 있던 그녀는 아버지와 함께 존경하는 대모를 만나러 갔다가 그곳에서 우연히 브론스끼를 보게 됐다. 그를 본 순간 끼찌는 자신도 모르게 피가 거꾸로 솟는 듯 숨이 막혀 얼굴을 붉혔다. 그러나 그 순간뿐이었다. 끼찌의 아버지는 일부러 큰 목소리로 브론스끼와 얘기를 나눴고, 아버지가 그와 대화를 다 끝마치기 전에 평정심을 되찾은 그녀는 그를 똑바로 쳐다보고 그와 얘기할 준비가 되어 있었다. 끼찌는 브론스끼와 짧은 대화를 나눈 뒤 작별 인사를 할 때까지 한번도 그를 쳐다보지 않았다. 브론스끼에 대해서 이처럼 무심하고 침착한 태도를 보여줄 수 있으리라고는 끼찌 자신도 미처 생각하지 못했다. 끼찌가 레빈에게 브론스끼를 만났던 사실을 얘기하자 레빈은 그녀보다도 얼굴을 더 붉혔다.

"당신이 같이 계시지 않아서 유감이에요. 하지만 당신이 있었다면 그렇게 자연스럽게 있지는 못했을 것 같아요……."

끼찌의 진실된 눈빛을 보면서 기분이 좋아진 레빈은 자신도 다음에 브론스끼를 만나면 친절하게 대하겠다고 말했다.

"오늘 클럽에서 식사하신다고 들었어요. 아버지가 당신 자리를 예약하셨다던데요. 오전엔 뭘 하실 거예요?"

"까따바소프한테 다녀오겠소. 그 다음엔 누님 일로 법원에 가게 될지도 모르겠소. 식사 때까지는 돌아오리다."

레빈이 클럽으로 들어가자 셰르바쯔끼 공작이 웃으면서 손을 내밀었다. 그곳에 있는 사람들은 한결같이 유쾌한 표정이었다. 거기에는 스비야쥐스끼, 네베돕스끼, 브론스끼, 세르게이 이바노비치도 있었다. 그가 자리를 잡고 앉은 지 얼마 되지 않아 오블론스끼도 합석하여 생선수프와 술을 들었다. 레빈은 시장했기 때문에 즐겁게 마시고 먹었다. 식사하는 동안 화제는 경마 이야기, 브론스끼의 말이 일등을 한 이야기로 이어졌다. 그때 브론스끼가 레빈과 스쩨빤 오블론스끼 쪽으로 다가왔다.

"다시 만나게 되어 반갑습니다. 지난 선거 때 당신을 찾았습니다만 바로 떠나셨다고 하더군요." 브론스끼가 레빈에게 말했다.

"예, 그날 바로 떠났습니다. 우린 방금 당신 말에 대해서 얘기하고 있었습니다. 축하드립니다." 레빈이 말했다. 클럽 분위기와 계속해서 마신 술 때문인지 레빈은 브론스끼와 혈통 좋은 말에 대해 얘기를 나누면서 더 이상 그에게 아무런 적대감도 느끼지 않게 된 것을 기쁘게 생각했다. 어느덧 시간이 흘러 레빈이 자리를 뜨려고 했을 때 스쩨빤 아르까지이치가 그의 팔을 잡았다.

"레빈, 잠깐 기다리게." 이렇게 말한 스쩨빤 아르까지이치는 브론스끼에게 말했다.

"이 사람은 가장 친한 친구일세. 그리고 자네도 역시 소중한 친구야. 그러니 나는 자네 둘이 서로 친하게 지냈으면 하네."

브론스끼가 선한 웃음을 지으며 악수를 청했고 레빈도 그 손을 맞잡았다.

"아, 그런데 자네, 레빈은 아직 안나하고는 모르는 사이란 걸 알고 있나? 나는 그래서 이 친구를 안나에게 소개시켜 주고 싶어." 스쩨빤 아르까지이치가 브론스끼에게 말했다.

"정말입니까?" 브론스끼가 답했다. "안나는 무척 좋아할 겁니다. 지금 저도 바로 집에 가고 싶군요. 하지만 지금은 야쉬빈 때문에 여기 좀 더 있어야 할 것 같습니다."

결국 브론스끼는 클럽에 계속 남고 스쩨빤 아르까지이치와 레빈은 자리를 떴다.

"오블론스끼님 마차!" 문지기가 마차를 대령시켰다. 레빈은 마차를 타고 가면서 자신이 지금 안나를 만나러 가는 일이 괜찮은 일인지, 끼찌한테는 뭐라고 얘기할지에 대해서 생각하고 있었다. 스쩨빤 아르까지이치는 레빈의 의중을 읽은 듯 그에게 생각할 틈을 주지 않고 말했다.

"돌리는 예전부터 이걸 원했네. 지금 안나는 남편과 이혼을 준비 중이거든. 아들 문제가 있어서 일이 쉽지는 않은 것 같네. 그것만 마무리되면 브론스끼와 결혼할 예정이야."

이렇게 둘이 대화를 하는 동안 마차는 어느새 저택에 도착했다. 스쩨빤 아르까지이치와 레빈은 어두운 전등 불빛만이 켜진 어두컴컴한 서재로 들어섰다. 다른 전등 불빛 하나가 초상화 속 여인의 전신상을 비추고 있었다. 레빈은 자신도 모르게 그쪽을 바라보았다. 그것은 이탈리아에서 미하일로프가 그린 안나의 초상화였다. 레빈은 그 초상화로부터 눈을 뗄 수 없었다. 그것은 초상화가 아니라 살아 있는 매력적인 여인이었다. 물결치는 검은 머리, 드러낸 어깨와 손, 생각에 잠긴 듯한 미소를 지으며 사랑스럽고 부드럽게 레빈을 바라보고 있었다.

"어머, 정말 반가워요." 갑자기 바로 곁에서 자신을 향해 말하는 것 같은 목소리가 들렸다. 초상화 속 여인의 목소리였다. 레빈은 어두운 불빛 속에서 다채로운 색깔과 푸른 빛이 도는 드레스를 입은 안나를 보았다.

"정말 기뻐요. 레빈 씨는 전부터 알고 있었어요. 스찌바와 친구 사이이고 레빈 씨 부인도 그렇고……. 부인은 잠깐 동안 알게 됐지만 정말 한 송이 꽃 같은 느낌을 받았어요. 그런 부인이 이제 어머니가 되겠군요."

안나는 자연스럽게 레빈에게서 오라버니 쪽으로 가끔 시선을 옮기면서 얘기를 했다. 레빈은 자신이 안나에게 좋은 인상을 주었다는 생각에 기분이 좋아졌고 그녀와 대화를 나누면서 그녀의 아름다움과 재치, 교양에 매료되었다. 별도의 대화 주제를 찾을 필요가 없이 대화는 끊임없이 이어졌다. 어느덧 10시가 되어 스쩨빤 오블론스끼가 자리에서 일어섰지만 레빈은 이제 막 온 지 얼마 되지 않은 듯한 느낌이 들었다. 레빈은 아쉬워하면서 자리에서 일어났다.

"안녕히 가세요. 부인께도 안부 전해 주세요. 저는 예전처럼 부인을 사랑하고 있어요. 만약 부인이 제 상황을 용서하지 않으신다면 계속해서 저를 용서하시지 않기를 바랍니다. 저를 용서하기 위해선 저와 똑같은 입장이 되지 않으면 안되겠지만 그런 일은 없기를 바랍니다."

"꼭 그렇게 전하겠습니다." 레빈은 얼굴을 붉히면서 대답했다.

'정말 사랑스럽고 가여운 여자야.' 레빈은 스쩨빤 아르까지이치와 함께 밖으로 나오면서 생각했다. 레빈은 그녀에 대한 연민의 정을 느끼면서 집으로 돌아왔다. 레빈이 들어갔을 때 끼찌는 혼자 앉아 그를 기다리고 있었다.

"뭘 하고 오셨어요?" 끼찌는 평소와 다르게 미심쩍은 눈초리로 그를 보며 물었다.

"브론스끼를 만나서 즐거운 시간을 보냈소. 그 사람과 같이 있어도 별다른 감정이 생기지 않더군."

"그 다음엔 어딜 가셨어요?"

"스찌바가 하도 권하길래 안나 아르까지예브나에게 같이 갔었소." 이렇게 말하고 레빈은 얼굴을 붉혔다. 안나라는 이름을 듣자마자 끼찌의 눈이 갑자기 커지더니 눈에서 빛이 났다. 끼찌는 간신히 자신을 억제하려 했지만 흥분한 나머지 마침내 울음을 터뜨렸다.

안나 까레니나 193

"당신은 그런 혐오스런 여자에게 반했군요. 그 여자가 당신에게 마법을 건 거예요. 당신 눈에 그렇게 씌여 있다구요. 당신은 클럽에서 술을 실컷 마시고 게임을 한 다음에 누굴 찾아간 건가요? 안되겠어요. 떠나요……. 난 내일이라도 당장 떠나겠어요."

레빈은 한동안 아내를 진정시킬 수 없었다. 그저 앞으로는 그녀를 피하겠다고 달래는 수밖에 없었다. 둘은 3시가 되어서야 간신히 화해를 한 후 잠자리에 들 수 있었다.

끼찌의 출산

안나는 레빈과 오라버니를 배웅한 뒤 방 안을 거닐면서 생각에 잠겼다. '난 가정이 있고 부인을 사랑하는 다른 남자에게도 이처럼 매력적으로 비치는데 왜 그이는 내게 냉담한 걸까? 내게 필요한 건 사랑뿐이야. 그런데 이런 생활을 보고서 정말 살아 있다고 말할 수 있는 걸까?' 그녀는 눈물을 글썽거리면서 안타까워했다. 잠시 뒤 브론스끼가 누른 벨 소리가 들리자 안나는 눈물을 닦아 냈다.

"지루하지는 않았소?"

"예, 지루하진 않았어요. 스찌바와 레빈이 다녀갔어요."

"그랬군. 당신한테 무척 가보고 싶어 하더군. 레빈은 마음에 들었소?"

"예, 좋은 분 같던데요. 조금 전에 돌아갔어요. 그런데 야쉬빈은 어떻게 됐어요?"

"처음엔 만 7천 루블이나 따고 이기고 있었지. 내가 불러내서 이제 그만 나오려고 했는데 다시 시작하더니 지금은 지고 있소."

"그럼 뭣하러 거기 계속 있었던 거예요?" 안나는 차갑고 적의에 찬 표정으로 그를 바라보았다. "당신은 야쉬빈 때문에 남아 있겠다고 스찌바에게 말하셨죠. 그런데 지금 야쉬빈을 남겨두고 오셨잖아요." 그러자 그의 얼굴에도 냉랭한 기운이 감돌았다.

"당신은 거기에 남고 싶어서 남으셨겠지요. 하지만 나는 지금 얼마나 불행한지, 내가 얼마나 나 자신을 두려워하고 있는지 상상도 못하실 거예요!"

"안나! 도대체 당신 지금 무슨 말을 하고 있는 거요? 내가 밖에서 다른 여자라도 만나고 다닌다는 뜻이오? 난 당신이 불행해지고 고통받지 않기 위해서 무슨 일이든 할 생각이오."

"아니에요, 됐어요. 이젠 괜찮아요. 외로운 생활 때문에 신경이 예민해졌나 봐요……." 안나는 이 싸움에서 자신이 이겼다는 생각을 애써 감추면서 말했다.

한편 레빈은 석 달 전만 하더라도 아내가 사랑했던 남자와 교제를 하고, 타락한 여인이라고 할 수 있는 여자를 찾아가 그녀에게서 매력을 느낌으로서 아내를 마음 아프게 한 상황에서 편안히 잠을 잘 수 있으리라고는 꿈에도 생각지 못했다.

새벽 5시가 되었을 때 삐걱거리는 문소리에 레빈은 잠이 깼다. 끼찌는 옆자리에 없었다. 칸막이 뒤쪽에서 끼찌의 발소리가 들렸다.

"여보, 왜 그러는 거요? 응? 무슨 일이오? 시작된 거요?" 그는 허둥지둥 옷을 갈아입었다.

"아니에요. 그냥 기분이 좋지 않아서 그래요. 이젠 괜찮아요." 끼찌는 미소를 지으며 남편의 손을 잡았다. 나중에 그는 당시 아내의 조용한 숨소리를 기억하면서 그때가 여자의 인생에서 가장 위대한 순간이었음을 깨달았다. 7시쯤 끼찌가 그의 어깨를 두드리며 조용히 속삭였다.

"꼬스쨔, 놀라지 말아요. 아무래도…… 리자베따 뻬뜨로브나를 부르러 보내야겠어요." 그는 서둘러 일어나 나갈 채비를 하다가 아내를 보고는 우두커니 자리에 섰다. 당장 나가야 했지만 레빈은 아내의 모습에서 눈을 뗄 수가 없었다. 어젯밤 아내를 마음 아프게 한 것을 떠올린 그는 그녀 앞에 자신이 한 일을 자책하면서 그녀를 바라보았다. 레빈은 지금과 같은 그녀의 얼굴을 한번도 본 적이 없었다. 부인용 모자 밑으로 흘러내린 부드러운 머릿결 속으로 발갛게 흥분된 그녀의 얼굴은 기쁨과 의지로 빛나고 있었다.

"난 의사를 부르러 가겠소. 리자베따 뻬뜨로브나를 부르러 벌써 사람을 보냈으니 말이오. 더 필요한 건 없겠소?

아, 돌리한테는?"

끼찌는 그를 보긴 했지만 그가 말하는 걸 듣고 있지는 않은 듯 했다. "예, 예, 어서 다녀오세요." 손짓을 하며 그녀가 말했다.

그가 응접실에 나가고 난 후 침실에서는 고통스런 신음 소리가 들려왔다. 그는 발걸음을 멈추었지만 아무 생각도 할 수 없었다.

'아, 이건 끼찌다.' 그는 중얼거리면서 머리를 감싼 채 밑으로 달려갔다.

"주여, 자비를 베푸소서! 우리를 용서해 주시고 도와주소서!"

레빈은 신을 믿지 않았지만 그저 입으로만 이 말을 반복하지는 않았다. 그동안 그가 갖고 있던 여러 가지 의혹들과 이성적으로 이해할 수 없었던 모든 것조차 지금 신에게 간구하는 그를 방해하지는 못했다. 그런 것들은 마치 먼지처럼 그의 영혼에서 사라져 버렸다. 레빈이 의사를 데리고 온 후로도 출산의 기미는 보이지 않은 채 다섯 시간이 지났다. 초조하게 기다리던 그의 인내심도 차츰 한계를 드러내고 있었다. 이젠 아내에 대한 연민 때문에 심장이 터질 것만 같았다. 고통스러워하는 끼찌를 두고 그는 쉬지 않고 기도했다. 땀에 흠뻑 젖은 그녀의 뺨과 이마는 머리카락이 뒤엉켜 달라붙어 있었고 때로는 남편이 잡아 주길 바라면서 힘겹게 손을 들기도 했다. 지금까지 한번도 들어 보지 못했던 끼찌의 신음소리를 옆방에서 들으면서 레빈은 이제 갓난아기를 바라지도 않는 상태가 되었다. 아니, 오히려 지금은 태어날 갓난아기를 증오하고 있었다. 심지어 그는 아내의 생명까지도 바라지 않았다. 그저 지금은 이 무서운 고통이 어서 끝나기만을 바랄 뿐이었다. 이제 다 끝났다는 의사의 말에 레빈은 침실로 달려갔다. 이불 위에 힘없이 손을 내려놓은 채 끼찌는 아름답고 고요한 얼굴로 그를 말없이 바라보고 있었다. 레빈은 침대 앞에 엎드려 아내의 손을 잡고 입 맞추었다.

"보세요! 아드님이에요! 이젠 걱정마세요!" 리자베따 뻬뜨로브나가 손으로 아기의 등을 두드리면서 말했다.

"엄마, 정말이에요?" 끼찌가 물었다. 노공작 부인은 흐느끼는 소리로 그 대답을 대신했다. 모두가 조용히 있던 그 방안에서 지금까지 사람들이 얘기하던 소리와는 전혀 다른 소리가 울려 펴졌다. 아기의 울음소리였다. 레빈은 아기를 바라보면서 아버지의 감정이 마음속에 조금이라도 생기길 원했지만 현실은 정반대였다. 그 아기는 레빈에게 그저 혐오감과 연민의 정을 가져다줄 뿐이었다. 그것은 애초에 그가 기대했던 감정과는 거리가 먼 것으로 레빈은 기쁨이나 즐거움을 찾을 수 없었고, 오히려 괴로운 두려움만을 느꼈다.

까레닌의 이혼 거부

 스쩨빤 아르까지이치의 재정 상황은 상당히 좋지 못한 상태였다. 산림을 판 돈도 벌써 다 써버린 상태였고, 봉급도 생활비와 빚을 갚는 데 써서 수중에는 돈이 거의 없는 상태나 마찬가지였다. 그는 이 같은 상황에 처한 자신을 결코 용납할 수 없었다. 이런 상태에 봉착하게 된 까닭을 적은 급료 탓이라고 생각한 그는 새로 일할 자리를 물색하던 중 남부 철도와 은행이 합병되면서 생겨난 상호신용 대행위원이라는 자리를 염두에 두게 되었다. 그 자리에 임명되기 위해 상부의 허가가 필요했던 그는 그 문제로 뻬쩨르부르그에 가게 되었다. 더불어 이번에 까레닌으로부터도 이혼에 관한 확답을 받아 오겠다고 안나에게 약속한 터였다.
 까레닌의 서재에서 스쩨빤 아르까지이치는 알렉세이 알렉산드로비치에게 자신이 염두에 둔 새 자리에 대해서 도와줄 것을 요청한 뒤 안나의 용건을 꺼내기 시작했다.

"한 가지 부탁할 게 더 있는데, 안나에 대한 문제일세……."

알렉세이 알렉산드로비치는 안나의 이름을 듣자마자 안색이 바뀌었다.

"원하는 게 대체 뭡니까?" 그가 쓰고 있던 코안경을 벗어 던지며 말했다.

"난 그저 자네가 선량한 인간으로서, 또 기독교인으로서 그 애를 불쌍히 여겨 주었으면 하네."

"내가 보기에 안나는 자신이 원했던 모든 걸 이미 갖고 있는 것 같은데요."

"자네도 알다시피 안나가 지금 원하고 기대하는 건 이혼이네."

"내가 아들을 맡게 될 경우 이혼을 거절한 것은 안나였습니다. 나는 그렇게 이해했고 그 문제는 이미 끝났습니다. 이제 안나 아르까지예브나의 생활에 대해 나는 아무런 관심이 없습니다."

"안나는 자네의 관대함에 모든 걸 맡기고 있는 중일세. 자네가 이미 약속을 했던 일이기 때문에 안나도 자네에게 편지를 써 보내고 모스끄바로 온 거네. 모스끄바에서 6개월째 지내면서 이 문제가 해결되기만을 기다리고 있다네. 제발 그 애를 불쌍히 여겨 주게. 기독교인으로서 모든 걸 용서하겠다고 말한 건 자네가 아니었나? 그런데 지금 자네는…….”

"부탁입니다." 알렉세이 알렉산드로비치는 창백한 얼굴이 되어 일어나 말했다. "제발 부탁이니 이제 그런 이야기는 그만하시지요."

"미안하네! 마음이 상했다면 용서해 주게! 나는 다만 부탁 받은 말을 하러 온 것 뿐이네."

알렉세이 알렉산드로비치는 잠시 생각에 잠긴 후 입을 열었다.

"모레 확실한 답변을 드리지요."

스쩨빤 아르까지이치가 집을 떠나기 전 꼬르네이가 와서 말을 전했다.

"세르게이 알렉세이치입니다."

'세르게이 알렉세이치가 대체 누구지? 아, 세료좌 말이구나. 안나도 나한테 만나 보라고 했었지.' 스쩨빤 아르까지이치는 생각했다. 알렉세이 알렉산드로비치는 절대 엄마에 관해 세료좌에게 얘기하지 말라고 처남에게 주의를 주었다. 건강하고 즐거운 모습으로 들어온 세료좌는 손님이 외삼촌인 것을 알자 얼굴이 빨개져서 모욕이라도 받은 것처럼 몸을 돌려 버렸다.

세료좌가 엄마를 본 지도 벌써 일 년이 다 되어가고 있었다. 그 일 이후로 세료좌는 엄마에 대해서 들어본 적이 없었다. 세료좌는 엄마를 닮은 외삼촌을 보는 것이 불쾌했다. 수치스럽게 생각되는 옛 추억이 되살아나기 때문이었다. 안나에 대해서는 얘기하지 않기로 알렉세이 알렉산드로비치와 약속했었지만 스쩨빤 아르까지이치는 서재에서 나온 뒤 세료좌에게 물어보았다.

"너, 엄마를 기억하고 있니?"

"아니요, 기억 안 나요." 세료좌가 얼굴이 빨개져서 대답을 하고는 고개를 숙이자, 외삼촌도 더 이상 아무것도 물을 수 없었다.

스쩨빤 아르까지이치는 늘 그랬듯이 헛되이 시간을 보내는 사람이 아니었다. 그는 자신의 일자리와 누이동생 안나의 일 때문에 뻬쩨르부르그에 왔지만 모스끄바에서 찌든 냄새를 이곳에서 털어 버리고 싶었다. 모스끄바에서 가족과 지내면서 아내와 자식들 문제, 근무를 하면서 얽힌 이해관계, 빚 문제 등으로 심란하고 지쳐 있던 그에게 이곳 뻬쩨르부르그는 젊음의 활력을 되찾고 진정한 남성으로서 살아가는 곳처럼 느껴졌다. 벳시 뜨베르스까야 공작 부인과 스쩨빤 아르까지이치 사이에 이상한 관계가 형성된 것도 그 무렵이었다. 그는 부인의 뒤를 따라다니면서 농담을 섞어 가며 무례한 말을 하기도 했는데 부인이 이런 것을 좋아할 것을 알고서 한 일이었다. 하지만 까레닌의 집에서 나온 뒤 그녀의 집에 들른 스쩨빤 아르까지이치는 자신의 젊음을 과신했고 그만 너무 깊은 관계로까지 발전하고 말앉다. 그는 부인이 마음에 들지 않았을 뿐만 아니라 불쾌하기까지 했지만 상황을 되돌릴 수는 없었던 때 마침 먀흐까야 공작 부인이 방문했다. 안나의 안부를 물은 공작 부인이 말했다.

"안나는 나를 제외한 모든 사람들이 비밀리에 하고 있는 일을 한 것뿐이에요. 숨기지 않고 잘한 것뿐이지요. 안나가 반쯤은 정신 나간 당신의 매제를 버린 것은 더 잘한 일이에요. 실례가 됐다면 용서하세요. 사람들이 모두 그 사람을 똑똑하다고 얘기할 때 나는 그를 어리석은 사람이라고 말했었지요. 이제는 리지야 이바노브나 백작 부인이나 랑도와 교제하는 걸 보고 모두들 정신이 나간 짓이라고 말하고 있어요."

"어떻게 된 일인지 좀 말씀해 주세요." 스쩨빤 아르까지이치가 말했다. "실은 오늘 안나 문제로 확답을 받기로 했는데 리지야 이바노브나 백작 부인 댁으로 와달라는 초대장을 받았습니다."

"그것 보세요!" 먀흐까야 부인이 그럴 줄 알았다는 듯이 말했다. "그들은 분명 랑도에게 의견을 들을 겁니다."

"랑도란 사람은 대체 뭐하는 사람입니까?"

"랑도를 모른단 말이에요? 프랑스인 점쟁이로 반미치광이나 다름없어요. 당신 누이의 운명도 그 사람에게 달려 있다고 해도 과언이 아니겠군요. 베주보바 백작 부인은 그 사람에게 치료를 받고 그를 양자로 삼았어요. 리지야 이바노브나도, 까레닌도 이제는 베주보프 백작이 된 랑도 없이는 아무 결정도 내리지 못하고 있답니다. 그러니 당신 누이의 운명도 그 사람 손에 달려 있는 셈이지요."

그날 밤 스쩨빤 오블론스끼가 리지야 이바노브나 댁을 찾아갔을 때 그곳에는 이미 알렉세이 알레산드로비치와 랑도가 와있었다. 크지 않은 키에 반짝이는 눈을 빛내며 창백한 얼굴을 한 사람이 한쪽 구석에서 초상화가 걸린 벽을 바라보고 있었다. 모두가 자리를 잡고 앉은 후 리지야 이바노브나 백작 부인이 미소를 지으며 오블론스끼에게 얘기하기 시작했다.

"오래전부터 당신을 알고 있었습니다만 이렇게 만나뵙게 되어 반갑습니다. 우리의 친구의 친구는 또한 우리의 친구이기도 하지요. 하지만 그렇게 되기 위해선 친구가 처한 상황을 잘 헤아릴 줄 알아야 할 겁니다. 여기 있는 알렉세이 알렉산드로비치는 정말 불행했던 사람입니다만 주님의 축복으로 이제는 정말 행복한 사람으로 변했답니다." 스쩨빤 아르까지이치는 종교에 관한 이야기가 화제임을 비로소 깨닫고 입을 다물었다.

"랑도는 곧 잠이 들 것 같군요." 알렉세이 알렉산드로비치가 리지야 이바노브나에게 다가가 속삭였다.

"신경쓰지 마세요." 리지야 이바노브나가 말했다.

모스끄바로부터 벗어나 뻬쩨르부르그 생활에서 활력을 느끼고 있던 스쩨빤 아르까지이치는 종교와 신앙에 대해 얘기를 늘어놓는 리지야 이바노브나 백작 부인과 자신을 계속해서 주시하고 있는 것 같은 랑도의 시선이 견디기 힘들었다. 그 프랑스 사람은 머리를 안락의자에 기댄 채 자거나 자고 있는 척 했다. 랑도의 손을 잡으라는 부인의 말에 알렉세이 알렉산드로비치는 자신의 손을 그에게 올려놓았다. 하품을 참고 몰려오는 졸음을 떨치려던 스쩨빤 아르까지이치는 눈을 크게 뜨고 두 사람을 지켜보고 있었다. 모든 것이 실제 벌어진 일이었지만 스쩨빤 오블론스끼는 머릿속이 점점 이상하게 느껴졌다.

"맨 마지막에 들어와 의심을 하고 있는 사람을 내보내세요! 어서 내보내세요!" 랑도가 눈을 감은 채 소리쳤다.

"나를 두고 하는 말인가요? 그런가요?"

그렇다는 대답을 들은 스쩨빤 아르까지이치는 동생에 관한 일도 잊은 채 마치 전염병이 도는 집에서 나오듯 서둘러 방에서 빠져나왔다. 이튿날 그는 알렉세이 알렉산드로비치로부터 안나와의 이혼을 분명히 거절한다는 대답을 들었다. 그 결정은 어제 그 프랑스인이 실제로 말한 것인지 아니면 자는 척 했던 상태에서 내린 것인지 알 수 없는 상태에서 내려진 것이라는 걸 깨달았다.

파국

 세상에는 많은 부부가 절대적인 불화나 완벽한 의견의 일치를 보이지 않은 채 오랜 시간을 그저 그런대로 지내고 있는 경우가 많다. 브론스끼와 안나에게 더위와 먼지로 가득한 모스끄바는 상당히 지내기 어려운 곳이었다. 그들은 오래전부터 보즈드비젠스꼬예로 이사하기로 했지만 서로가 힘들어하는 모스끄바 생활을 계속 이어가고만 있었다. 최근 들어 그들 사이에 의견의 일치라는 게 없어졌기 때문이었다. 안나는 이에 대한 근본적인 원인을 식어 버린 브론스끼의 사랑 탓으로 돌렸고, 브론스끼는 오직 안나를 위해서 자신이 희생하고 있다고 생각했다. 안나는 쉽게 만나서 교제할 수 있는 천박한 여성들부터 사교계의 부인들에 이르기까지 브론스끼가 만날 수 있는 모든 여성들을 질투하기에 이르렀다. 특히 브론스끼의 어머니가 자신을 소로낀 공작의 딸과 결혼시키려고 한다는 말을 브론스끼로부터 무심코 들은 뒤 안나는 더욱더 고통스러운 나날을 보냈다. 어느 날 안나는 더 이상 참지 못하고 하녀를 불러 시골에 내려갈 준비를 시키면서 트렁크를 가져오라고 말했다. 클럽에서 돌아온 브론스끼를 보고 안나가 말했다.

"어째서 이곳에서 하염없이 이혼을 기다리고 있었는지 모르겠어요. 시골에서 기다려도 마찬가지였을 텐데요. 이젠 더 기다릴 수 없어요. 내일이라도 당장 떠나요."

"내일은 위임장 관련 일 때문에 돈을 받을 수가 없어서 떠나기 어렵소."

"그렇다면 시골로 내려가는 건 그만두지요."

"아니, 그건 또 무슨 소리요?"

"당신이 이제 나를 사랑하지 않는다면 솔직히 말씀하세요. 그편이 차라리 훨씬 정직하니까요."

문 쪽을 향해서 걸어가는 안나의 손을 붙잡고 브론스끼가 물었다.

"어떻게 그렇게 말할 수 있는 건지 모르겠군. 나는 출발을 조금만 늦추자는 것뿐인데 어째서 당신은 나를 부정직하다고 말하는 거요?"

"나를 위해서 모든 걸 희생했다고 말하면서 나를 비난하는 사람은 부정직한 것보다 훨씬 더 나쁘니까요."

"안나! 참는 것도 한계가 있소!" 그는 안나의 손을 뿌리치며 소리쳤다.

'이이는 나를 증오하고 있어. 틀림없어.' 안나는 이렇게 생각하면서 방에서 나왔다.

'어째서 나는 죽지 않았을까?' 과거에 했던 말과 그때의 심정이 되살아난 안나에게 떠오른 생각은 한 가지였다. '그래, 죽는 거야.'

'알렉세이 알렉산드로비치와 세료좌의 수치와 불명예도, 내 끔찍한 수치도 죽음으로 구원될 수 있을 거야. 내가 죽는다면 그때서야 그는 후회하고 슬퍼하며 사랑하고 나를 위해 괴로워하겠지.' 안나는 안락의자에 앉은 채 반지를 뺐다 끼었다 반복하면서 자신이 죽은 후 그가 느낄 심정을 상상하고 있었다. 브론스끼가 다가오는 소리가 들렸지만 안나는 반지를 끼우는 척 하면서 그쪽을 바라보려고도 하지 않았다.

"안나, 원한다면 모레 떠나기로 합시다. 당신이 원하는 대로 하리다."

안나는 말이 없었다.

"왜 그러는 거요?" 그가 물었다.

"당신도 아실 텐데요. 나를 버리세요, 버리라고요! 난 내일 떠나겠어요. 난 타락한 여인이에요. 당신 목에 매달린 돌덩어리나 다름없어요. 당신을 괴롭히고 싶진 않아요. 당신을 놓아 드릴게요. 당신은 이제 날 사랑하지 않고 다른 여인을 사랑하니까요!"

"안나, 어째서 당신은 그렇게 자기 자신과 나를 힘들게 하는 거요?" 그는 그녀의 손에 키스하면서 말했다. 그의 울음 섞인 목소리와 그의 얼굴에서 다정함을 느낀 그녀는 그를 끌어안고 입을 맞추었다.

서로 충분히 화해를 했다고 생각한 안나는 아침부터 출발 준비를 서둘렀다. 안나가 짐을 싸고 있을 때 브론스끼가 들어왔다.

"잠깐 어머니에게 다녀오겠소. 어머니는 예고로프를 통해서 돈을 부쳐 주실지도 모르오. 그렇게만 된다면 내일이라도 출발할 수 있소."라고 그가 말했다.

마침 그때 하인이 전보 수령증을 가지러 왔다. 전보를 받는 일 자체는 이상할 것이 없었지만 브론스끼는 안나에게 뭔가를 숨기고 있는 것처럼 수령증이 서재에 있다고 대답했다.

"전보는 누구한테서 온 거죠?" 안나가 물었다.

"스찌바에게서 온 거요." 브론스끼가 마지못해 대답했다.

"그런데 왜 내게 보여 주지 않은 거죠?" 그러자 브론스끼는 하인을 시켜 전보를 가져오게 했다.

"스찌바는 무슨 일이든지 다 전보를 치는 버릇이 있어서 그랬소. 아직 확실하게 결정된 것도 아닌 상황에서 전보를 보내 보았자 아무 소용없는 일 아니겠소."

"이혼에 대한 건가요?"

"그렇소. 하지만 별 내용도 없는 전보요. 자, 읽어 봐요."

떨리는 손으로 전보를 받은 안나가 읽은 내용은 브론스끼가 말한 그대로였다. 다만 마지막에 '가능성은 적지만 가능한 노력을 하겠다.'는 말이 적혀 있었다.

"이 일은 나에게 숨길 필요가 전혀 없는 일인데." '다른 여성들한테서 오는 편지들도 이런 식으로 내게 숨기고 있는지도 몰라.' 안나는 또다시 브론스끼를 의심하기 시작했다.

"나는 매사를 분명히 하고 싶었기 때문에 알리지 않은 것뿐이오." 그가 말했다.

"분명한 것은 형식에 있는 게 아니라 사랑에 있는 거예요."

'아니, 또 사랑 이야기인가.' 그는 이마를 찌푸리며 생각했다.

"당신도 내가 왜 그랬는지 잘 알 거요. 당신과 앞으로 태어날 우리 아이들을 위해서요." 그가 말했다.

"아이는 못 낳아요."

"그건 아주 유감이군." 그가 말했다.

오래전부터 안나를 초조하게 만들고 브론스끼와 싸움의 원인이 되고 있던 것 중의 하나가 바로 자녀를 더 갖는 문제였다. 자녀를 더 갖고 싶어 하는 브론스끼를 보면서 안나는 그것이 자신의 아름다움을 더 이상 존중하지 않는 증

거라고 생각하고 있었다.

"나는 당신 어머니가 뭘 생각하고 계신지, 당신을 어떻게 결혼시킬 건지 전혀 상관없어요."

"우린 지금 그 얘기를 하는 게 아니지 않소?"

"아니요, 그 얘기를 하는 거예요. 난 따뜻한 마음씨가 없는 여자는 나이가 있든 없든, 당신 어머니든 전혀 모르는 사람이든 상관없어요. 알고 싶지도 않고요."

"안나, 부탁이니 내 어머니에 대해서 만큼은 무례한 말은 삼가 주시오."

"자식의 행복과 명예가 어디에 있는지를 마음속 깊이 알지 못하는 여인은 마음이 없다고 봐야겠지요."

"다시 말하는데 내가 존경하는 어머니에 대한 무례한 발언은 그만해 주시오." 그는 그녀를 노려보면서 목소리를 높여 말했다. 그때 야쉬빈이 브론스끼를 방문했고 그녀는 방에 들어가 버렸다. 브론스끼는 하루 종일 밖에서 지낸 후 밤늦게 들어왔다. 하녀가 그에게 안나 아르까지예브나는 머리가 아파서 아무도 방에 들이지 말 것을 지시했다고 전했다.

서로 싸운 채 화해하지 않고 하루를 보낸 적은 한번도 없었다. 이런 일은 오늘이 처음이었다. 게다가 이것은 싸움이 아니라 애정이 식었다는 명백한 증거였다. 안나는 종일토록 그를 기다리고 있었다. 그녀는 하녀에게 말을 전하고 그를 시험할 생각이었다. '하녀를 통해 내 얘기를 들었어도 나를 찾아 준다면 아직 나를 사랑하는 거야. 그렇지 않다면 모든 게 끝난 거야. 그때는 내가 해야 할 일을 결정해야 해.' 안나는 그의 마차가 도착하는 소리도, 그가 누른 벨소리도 모두 듣고 있었다. 하지만 그는 하녀로부터 소식을 듣고는 그대로 자기 방으로 발걸음을 옮겼다. 이제는 안나에게는 모든 것이 상관없었다. 보즈드비젠스꼬예로 가는 일이나 남편으로부터 이혼 승낙을 받는 일 모두 필요 없는 일이었다. 단 하나 그를 벌하는 것만이 필요했다.

안나는 보통 때와 다름없이 아편을 따르면서 이 한 병의 분량을 마시고 죽으면 그만이라는 생각을 했다. 얼마 남지 않았던 촛불이 다 타버리면서 주위가 캄캄해졌다. 죽음을 생각한 안나는 갑자기 공포를 느끼면서 브론스끼의 서재로 갔다. 그는 서재에서 곤히 잠들어 있었다. 안나는 그에게 다가가 오랫동안 그를 바라보면서 주체할 수 없는 눈물을 흘렸다. 그를 깨우지 않고 되돌아온 안나는 두 번째 아편을 복용한 뒤 동틀 무렵에야 잠에 들었다. 하지만 깊이 잠들지 못한 그녀는 수염이 덥수룩한 노인이 나타나 알아들을 수 없는 프랑스어를 중얼거리는 악몽을 또다시 꾸었다. 안나는 식은 땀을 흘리며 눈을 떴다. 잠에서 깬 안나는 마차 소리를 듣고 창 밖을 내다보았다. 마차 안에 있는 연보랏빛 모자를 쓴 젊은 여인이 브론스끼에게 꾸러미를 전해 주고 있었고, 브론스끼는 미소를 지으며 무슨 말을 건넸다. 어제 밤에 느꼈던 고통이 다시 그녀의 가슴을 짓눌렀다. 어떻게 자신을 그렇게 모욕할 수 있는지 안나는 이해할 수 없었다. 그녀는 자신의 결심을 알리기 위해 서재로 들어갔다.

"지금 온 마차는 소로끼나 부인이 따님과 함께 들러서 내게 어머니의 편지와 돈을 전해준 것이었소. 어제 받지 못해서 말이오. 머리가 아픈 건 좀 나아졌소?" 브론스끼는 침착한 얼굴로 물었다. 안나는 말없이 그를 응시하다가 몸을 돌려 서재를 나가려고 했다. 브론스끼가 다시 말문을 열었다.

"내일은 확실히 떠나는 거요, 그렇지 않소?"

"당신은 가세요. 나는 가지 않겠어요." 안나가 그를 뒤돌아보며 말했다.

"안나, 이렇게 살아갈 수는 없지 않소……."

"당신은 가세요. 나는 가지 않겠어요." 그녀는 같은 말을 반복했다.

"정말 참을 수 없군!"

"당신은…… 당신은 이 일을 후회하게 될 거예요." 안나는 이렇게 말하고 그대로 방을 나갔다. 안나의 절망하는 모습에 놀란 브론스끼는 곧 일어나 그녀를 뒤따라가려고 했지만 다시 자리에 앉아서 이를 악물었다. '난 할 만큼

한 거야. 남은 건 신경쓰지 않는 것뿐이다.' 이렇게 생각하고 그는 밖으로 나갔다. 브론스끼가 밖으로 나간 것을 본 안나는 그가 떠날 것이 두려운 나머지 자리에 앉아 그에게 편지를 쓰기 시작했다.

> 내가 잘못했어요. 집으로 돌아와 주세요. 내가 전부 설명할게요. 제발 돌아오세요. 난 두려워요.

그러나 브론스끼에게 편지를 전해 주러 갔던 하인은 되돌아와서 말했다.
"백작님을 뵙지 못했습니다. 이미 니쥐니 노브고로드 쪽으로 떠나셨습니다."
'아, 그럼 그이는 내 편지를 받지 못했구나.' 안나는 그제서야 이 사실을 깨닫고는 정신이 혼미해지는 것을 느꼈다. '그래, 돌리한테 가보자. 그게 좋겠어. 아직은 전보를 쳐도 되겠지.' 이렇게 생각한 안나는 전보를 쳤다.

> 당신과 할 얘기가 있어요. 지금 돌아와 주세요.

안나는 자리에서 일어나면서 말했다. "내가 없을 때 전보가 오거든 돌리의 집으로 갖다줘……. 아니, 내가 집으로 돌아오도록 하지."

안나가 돌리의 집을 방문했을 때는 손님이 와있었다. 다름 아닌 끼찌가 손님으로 와있다는 걸 하인으로부터 확인한 안나는 마음이 착잡했다. '브론스끼가 사랑했던 그 끼찌로구나. 어쩌면 그이는 지금 끼찌와 결혼하지 않고 나와 살고 있는 걸 후회하고 있는지도 몰라.' 안나는 이렇게 생각했다. 돌리는 안나를 보자 말했다.

"오늘 스찌바한테서 편지가 왔었어요. 까레닌이 어떻게 할지 모르겠지만 스찌바는 아직 희망을 갖고 있는 것 같던데요."

"난 이제 희망도 없고, 더구나 바라지도 않아요."

돌리로부터 스찌바의 편지를 읽은 안나는 말없이 그것을 돌려줬다.

"이건 모두 다 알고 있는 내용이에요. 이제 이런 것엔 조금도 관심이 없어요."

"어째서요? 나와 그이는 아직 희망을 갖고 있는데요." 돌리는 안나가 초조해하는 모습을 의아해하면서 말했다.

"끼찌는 어디 있나요? 나를 피해 숨은 건 아니겠지요?" 안나는 얼굴을 붉히면서 물었다.

"아니에요, 그 애는 지금 아기에게 젖을 먹이고 있는 중이에요. 이제 곧 나올 거에요."

"이렇게 뵙게 되어 반갑습니다." 끼찌는 안나를 보자 떨리는 목소리로 인사했다. 끼찌는 나쁜 여인에 대한 반감과 관용을 베풀어야 한다는 선한 감정 사이에서 당혹감을 감추지 못했다. 하지만 안나의 아름답고 매력적인 얼굴을 대하자 모든 반감은 일시에 사라지고 말았다.

"당신이 나를 만나고 싶어하지 않았다고 해도 난 놀라지 않았을 거예요. 난 이제 어떤 일이든지 익숙해졌으니까요. 몸이 아프시다면서요? 많이 변하신 것 같군요." 안나가 말했다.

끼찌는 안나가 적대감을 갖고 자신을 바라보는 걸 느꼈다. 안나가 자신을 보면서 열등감을 느꼈기 때문이라고 생각한 끼찌는 그녀가 가엾게 느껴지기 시작했다.

"전 작별 인사를 하러 왔어요. 당신을 만나서 반가웠어요. 당신 남편께서도 전에 우리 집에 오셨었는데 안부 전해 주세요."

안나는 돌리에게 키스한 뒤 끼찌의 손을 잡고는 서둘러 집을 나섰다.

"변함없이 매력적이네요. 정말 아름다워요!" 끼찌는 돌리와 단둘이 남게 되자 말했다. "하지만 어딘지 모르게 안 좋아 보여요."

"오늘은 뭔가 특별한 일이 있었던 모양이야." 돌리가 말했다. "지금 현관까지 배웅했을 때 금방이라도 울 것 같은 표정이었어."

안나는 집을 나섰을 때보다도 훨씬 더 심란한 상태가 되었다. 지금까지 그녀가 느꼈던 고통 외에 끼찌를 만난 일로 인해 모욕받고 버림받은 느낌까지 더해졌기 때문이었다. 집으로 돌아온 그녀는 자신에게 답장이 왔는지를 확인했다. 문지기로부터 전보를 받은 안나는 그것을 읽었다.

   10시 전까지는 돌아갈 수 없소. 브론스끼.

'그렇다면 나 혼자서 그이가 있는 곳으로 가자. 어서 가자.' 이렇게 생각한 안나는 신문에 있는 기차 시간표를 확인한 후 며칠 동안 사용할 여행물품을 가방에 쌌다. 안나는 다시는 이곳으로 돌아오지 못할 것을 알고 있었다. 그녀는 마차를 타고 역으로 가면서 생각했다. '그이는 내게서 무엇을 원했던 걸까? 사랑이라기보다는 허영심의 충족이었겠지. 내 사랑을 차지한 게 자랑스러웠겠지. 하지만 지금은 자랑스러운 게 아니라 부끄러운 거야. 내 사랑은 점점 더 열정적이면서 이기적으로 변해 가는데, 그이의 사랑은 점점 식어 가고 희미해져 가고 있어. 난 그 사람의 애무만을 열렬히 바라는 정부가 될 수도 있겠지만 난 그럴 수 없고 또 그렇게 되고 싶지도 않아. 그가 나를 속일 생각이 없었고, 소로낀 공작 딸에게 관심이 없고, 끼찌를 사랑하지 않으며, 내게서 등을 돌릴 생각이 없다는 걸 과연 내가 모르고 있는 걸까? 난 그걸 다 알고 있지만 그렇다고 해서 마음이 편해지는 건 아니야. 만약 그가 날 사랑하지도 않으면서 그저 의무적으로 부드럽고 선한 척 나를 대한다면, 그건 악한 것보다 천 배나 더 나쁜 짓이야! 그건 지옥이야! 하지만 지금이 바로 지옥이야. 그이는 오래전부터 나를 사랑하지 않아. 사랑으로 시작했지만 증오로 끝나는 거야……'

안나가 생각에 잠긴 동안 마차는 이미 니쥐니 노브고로드 역에 도착했다.

"오비랄로프까지 가는 기차표를 사면 되겠습니까?" 마부가 물었다.

"그래요." 안나는 돈이 든 지갑을 건네주면서 대답한 뒤 빨간 손가방을 들고 마차에서 내렸다. 플랫폼을 걷기 시작하던 안나 곁을 모자를 쓴 채 덥수룩한 머리를 한 농부가 열차 바퀴 쪽으로 몸을 굽히면서 지나쳐 갔다. '저 볼품없는 농부는 낯익은 얼굴인데.' 이렇게 생각한 안나는 갑자기 전에 꾸었던 꿈을 기억하고는 두려움에 사로잡혔.

이윽고 기차가 역에 도착하자 안나는 다른 승객들과 함께 밖으로 나갔다. 안나는 브론스끼로부터 답장이 없으면 더 멀리 가기로 했던 걸 생각하고는 짐꾼을 불러 브론스끼 백작이 쓴 편지를 가져온 마부가 없는지를 확인했다. "브론스끼 백작이요? 방금 전에 그 댁에서 보낸 사람들이 있었죠. 소로끼나 공작 부인과 그 따님을 마중하러 나왔었습니다."

안나가 짐꾼과 얘기하는 동안 마부 미하일이 그녀에게 다가와 편지를 건넸다.

> 편지가 제때 도착하지 못해 유감이오. 나는 10시에 돌아 가겠소.

'역시 그랬구나. 내가 생각한 그대로야.' 그녀는 사악한 미소를 지으며 중얼거렸다.

"수고했어. 자네는 이만 돌아가게." 그녀는 미하일에게 조용히 말했다. 안나는 더욱 격렬히 고동치는 심장 때문에 숨을 쉬기 힘들 정도였다. '다시는 너로 인해 고통당하지 않겠어.' 브론스끼를 향한 것도, 자신을 향한 것도 아니고 자신을 괴롭히는 그 무엇을 향해 안나는 이렇게 생각했다. 그녀는 플랫폼 끝을 향해 걸어가고 있었다. 마침 화물열차가 들어오고 있었다. 그때 안나는 문득 브론스끼를 처음 만났을 때 역에서 치여 죽은 사람을 기억하고는 자신이 해야 할 일을 깨달았다. 안나는 급히 계단을 내려가 열차의 아래쪽 바퀴 부분을 응시했다.

'저기다!' 안나는 모래와 석탄가루로 뒤덮인 채 다가오는 열차의 그림자를 바라보면서 중얼거렸다. '저기야, 바로 저 한가운데로 뛰어들어서 그를 벌하고 모든 사람들로

부터, 나 자신으로부터 벗어나는 거야.'

  안나는 기차의 첫 번째 칸 가운데로 몸을 던지려 했지만 갖고 있던 빨간 손가방을 떨치지 못해 기회를 놓쳤다. 안나는 수영을 하러 물 속에 들어가는 것과 비슷한 기분을 느끼면서 성호를 그었다. 기차의 두 번째 칸의 바퀴가 눈에 들어왔을 때 안나는 빨간 손가방을 내던지고 열차에 몸을 던졌다. '하느님, 제 모든 것을 용서해 주옵소서!' 안나는 이렇게 기도했다.

레빈의 깨달음

그로부터 거의 두 달이 지났다. 세르게이 이바노비치는 6년의 집필 끝에 『유럽과 러시아의 국가기구 및 형태 개론』이라는 저서를 출간했다. 하지만 3주가 지나도록 그의 저서에 주목하는 이는 없었다. 석 달째가 되었을 때에 저서에 대한 비평이 나왔지만 그 비평은 혹독하기 그지 없었다. 그는 7월이 되자 까따바소프와 함께 동생을 보러 시골로 내려가기로 했다.

세르게이 이바노비치와 까따바소프가 꾸르스끄 역에 도착했을 때 마침 터키와의 전쟁에 참전할 의용군들이 도착했다. 의용군을 환송하는 인파로 가득한 역내를 걸어가던 세르게이 이바노비치는 어떤 공작 부인으로부터 브론스끼 백작도 이 의용군과 함께 참전한다는 소식을 들었다.

"그 사람이 지금 여기 있는 걸 봤어요. 어머니 혼자서 아들을 배웅하러 왔더군요. 그렇게 하는 게 낫겠지요."

"예, 그렇겠군요."

둘이 얘기를 하고 있을 때 공작 부인을 향해 인사를 하면서 스쩨빤 아르까지이치가 다가왔다. 그 역시 공작 부인으로부터 브론스끼가 이 열차를 타고 참전한다는 소식을 막 전해 듣고는 놀라움을 금치 못했으나 이내 대합실로 그를 찾으러 갔다. 스쩨빤 아르까지이치는 이미 안나의 시체를 붙잡고 통곡하던 일은 잊은 채 브론스끼를 한 명의 전사이자 옛 친구로 보고 있었다.

"저는 그 사람을 그다지 좋아하지 않았어요. 하지만 이번 일로 많은 것을 속죄할 수 있겠지요. 자신이 직접 참전하고 또 사비로 기병중대를 이끌고 가니 말예요." 공작 부인이 말했다.

"예, 저도 들었습니다."

"저쪽에 백작이 있군요." 공작 부인이 어머니와 팔짱을 끼고 걸어가는 브론스끼를 가리키며 말했다. 오블론스끼가 그의 옆에서 뭔가를 말하면서 걸어가고 있었다. 브론스끼는 공작 부인과 세르게이 이바노비치가 있는 쪽을 돌아보더니 말없이 모자를 잠깐 들어올렸다. 나이 들고 고뇌에 찬 그의 얼굴은 마치 화석 같았다. 브론스끼는 말없이 어머니를 먼저 들여보내고 자신도 기차 안으로 들어갔다. 세르게이 이바노비치도 까따바소프와 함께 기차 안으로 들어갔다. 세르게이 이바노비치는 브론스끼가 탄 기차칸을

안나 까레니나 223

지나갈 때 노백작 부인을 보았다.

"참전을 결정한 아드님의 행동이 참 훌륭합니다." 브론스끼가 옆에 없는 걸 보고 세르게이 이바노비치가 말했다.

"그런 비극을 겪은 후 그 아이가 달리 뭘 할 수 있었겠어요?"

"끔찍한 일이었습니다."

"얼마나 괴로웠는지 몰라요. 안으로 들어오세요……. 정말 얼마나 고통스러웠는지……." 세르게이 이바노비치가 안으로 들어가 나란히 앉자 노백작 부인이 말했다. "저 애는 6주 동안 아무하고도 말을 하지 않았고 식사도 내가 사정을 해야만 조금 입에 댔어요. 혹시 저 애가 자살하는 데 쓸지 모를 모든 물건들을 다 치워 버렸고요. 그 여자는 죽을 때도 비천한 방법을 택해서 죽었어요."

"하지만 그건 우리가 판단할 문제가 아닙니다, 백작 부인." 세르게이 이바노비치가 한숨을 쉬며 말했다.

"아아, 그런 말씀 마세요! 난 그때 아들과 같이 영지에 있었어요. 그때 그 여자가 편지를 보냈던 거예요. 아들은 바로 답장을 써서 심부름꾼을 통해 보냈지요. 우리들은 그 여자가 바로 그 정거장에 와있을 줄은 꿈에도 몰랐어요. 그런데 저녁에 하녀 메리가 역에서 어느 부인이 달리는 열차에 뛰어내렸다고 말하지 뭐예요. 나는 가슴이 철렁 내려앉았어요. 그 여자일 거라고 직감했지요. 아들에겐 알리지 않으려고 했지만 벌써 얘기를 들었던 거예요. 그의 마부가 마침 현장에서 모든 걸 보았던 거였어요. 내가 아들의 방에 갔을 때 그 애는 이미 제 정신이 아니었어요. 현장에 갔다 온 뒤 아들은 마치 죽은 사람처럼 실려 왔어요. 그 여자는 자기 자신을 파멸시켰을 뿐만 아니라 두 명의 훌륭한 남성까지 파멸시켰어요. 자기 남편과 내 불행한 아들을 말이에요."

"그녀의 남편은 어떻게 됐습니까?" 세르게이 이바노비치가 물었다.

"그 여자의 딸을 맡아 데려갔습니다. 처음에 아들은 뭐든지 다 동의를 했지만 지금은 딸을 넘겨준 데 대해서 괴로워하고 있어요. 아마 그 남편은 훨씬 마음이 편했을 겁니다. 그 여자가 그를 속박에서 풀어준 것이나 다름없으니까요. 불쌍한 것은 우리 아들이지요. 신이 저를 용서해 주시길 바라지만 아들의 파멸을 지켜보고 있자니 그 여자를 증오하지 않을 수가 없어요."

"아드님은 지금 어떻습니까?"

"이 세르비아 전쟁을 통해서 신이 우리를 도와주고 계신 것 같다는 생각이 들어요. 이렇게 참전함으로써 아들이 다시 일어설 수 있을지도 몰라요. 아들은 지금 몹시 우울해하고 있답니다. 전에 없던 치통까지 앓고 있으니까요. 아들과 한번 얘기를 나눠 보세요."

세르게이 이바노비치는 말없이 플랫폼을 이리저리 거닐고 있는 브론스끼 쪽으로 다가갔다.

"당신은 저를 만나고 싶지 않을지도 모르겠습니다만 혹시 제가 도와드릴 일은 없습니까?" 세르게이 이바노비치가 말했다.

"아니요, 괜찮습니다. 이제 제겐 삶이라는 것이 그 어떤 가치도 지니지 못하니까요. 필요 없다는 게 아니라 식어 버린 삶을 내줄 수 있다는 게 기쁠 뿐입니다. 누군가에게 도움이 되기는 하겠지만 말입니다." 치통 때문에 턱을 씰룩이면서 그가 말했다.

"당신은 새로운 사람이 될 겁니다. 나는 그렇게 보고 있습니다. 평안하시길 바랍니다." 세르게이 이바노비치는 이렇게 말하고 악수를 청했다. 브론스끼는 세르게이 이바노비치가 내민 손을 잡고 힘있게 흔들었다.

"무기로 쓰자면 이 한 몸 역시 어딘가 쓰일 데가 있겠지요. 하지만 사람으로 말하자면 저는 파멸한 거나 마찬가지입니다."

그는 입을 다물고 천천히 레일 위를 미끄러져 가는 연료 기차의 바퀴를 쳐다보고 있었다. 그러자 그는 문득 안나를 떠올렸다. '당신은 이번 일을 후회하게 될 거예요.'라고 말하는 것 같은 그녀의 무서운 얼굴이 떠올랐던 것이다. 브론스끼는 역에서 그녀를 처음 보았을 때의 신비롭고 매력적이며 사랑스러운 여인을 회상하려고 애썼다. 그는 그녀와 함께했던 최고의 순간들을 떠올리려고 했지만 그 순간들은 영원히 사라지고 없었다. 지금 그에겐 누구에게도 필요치 않을 뿐더러 지워지지 않는 회한으로 가득 찬 위협을 자축하고 있는 그녀의 모습만이 기억될 뿐이었다.

세르게이 이바노비치가 까따바소프와 함께 동생의 집에 도착하자 끼찌가 반갑게 맞아 주었다.

"연락을 미리 주시지 그러셨어요. 꼬스쨔도 반가워할 거예요. 지금 농장에 가있어요. 올 때가 됐네요."

끼찌는 손님들을 방으로 모시고 식사 준비를 지시했다.

한편 그 무렵 레빈은 사랑하는 형의 임종을 지켜본 뒤 처음으로 삶과 죽음의 문제에 대해 진지하게 고민하고 있었다.

'나는 도대체 무엇인가? 무엇 때문에 이 세상에 존재하고 있는 걸까? 이 문제를 해결하지 않고서는 살 수가 없다. 그렇지만 나는 그것을 알 수 없다. 따라서 살 수 없는 것이다.' 레빈은 이 문제를 생각하면 답을 찾을 수 없어 절망에 빠지곤 했다. 자신의 존재 이유에 대해 끊임없이 사색하며 문제를 제기했던 레빈은 자신이 신앙 속에서 성장했기 때문에 지금껏 살 수 있었음을 깨닫게 되었다. '만일 내가 신앙이 없이, 내 욕망을 위해서가 아니라 신을 위해서 살아야 한다는 사실을 알지 못한 채 살았다면 나는 과연 어떻게 됐을까? 도둑질을 하고 거짓말을 일삼으며 살인을 저질렀을지도 모른다. 나는 내 질문에 대한 답을 계속해서 구했다. 하지만 계속되는 사색도 그 질문에 대한 답을 주지는 못했다. 그 대답을 준 것은 삶 그 자체였다. 무엇이 선하고 악한 것인지를 알고 있는 삶 그 자체 말이다. 여기서 안다는 것은 내가 습득한 것이 아니라 누구에게나 다 주어진 것이다. 어디에서든 가져올 수 없는 것이기 때문이다. 그렇다면 나는 이것을 어디에서 구한 것일까? 이성은 아닐 것이다.' 그는 계속해서 생각했다.

'그래, 내가 알고 있는 것은 이성으로 알게 된 것이 아니라 내게 그저 덧없이 주어진 것이다. 나는 이것을 마음으로 알게 되었고, 교회에서 가르치는 중요한 것을 신앙으로 알게 된 것이다.'

'교회? 그래, 교회다!' 레빈은 이렇게 반복해서 말하고는 다른 쪽으로 돌아누워 얼굴을 괸 다음 저쪽에서 강으로 다가오는 가축 떼를 바라보았다. '하지만 교회에서 가르치는 모든 것을 전부 믿을 수 있을까?' 레빈은 구름 한 점 없이 높은 하늘을 보며 생각했다.

'저 하늘이 무한한 공간이고 둥근 천장이 아니라는 걸 내가 모르는 것은 아니다. 하지만 아무리 눈을 가늘게 뜨고 보아도 나는 둥근 천장과 제한된 공간 밖에는 볼 수 없다. 저 하늘이 무한한 공간이라는 사실을 알지만 저 하늘을 볼 때 단단하고 푸른 천장을 보고 있다고 생각하는 것이 그것보다 더 멀리 무한한 공간을 보고 있다고 생각하는 것보다 옳은지도 모른다.' 레빈은 마치 신비로운 목소리에 귀 기울이고 있는 것 같은 생각이 들었다. '이것을 신앙이라고 할 수 있을까?' 그는 자신의 행복을 믿는 것을 두려워하면서 이렇게 생각했다. '아, 하느님, 감사합니다!' 그는 복받쳐 올라오는 흐느낌을 꾹 참고 눈가에 가득한 눈물을 양손으로 닦으면서 말했다.

레빈이 집에 거의 다다랐을 때 마중 나온 그리샤와 따냐를 보았다.

"꼬스쨔 아저씨, 엄마하고 할아버지하고 세르게이 이바노비치가 이쪽으로 오고 계세요. 또 다른 손님 한 분도요."

이쪽으로 오고 있는 모르는 사람이 까따바소프라는 것을 알자 레빈은 생각했다.

'이젠 어떤 일이 있어도 논쟁을 하거나 경솔하게 내 의견을 말하지는 말자.' 그는 마차에서 내려 형과 까따바소프에게 반갑게 인사를 했다. 집에 돌아온 레빈은 형, 까따바소프와 함께 브론스끼가 의용군에 자원했다는 것부터 시작해서 전쟁, 종교, 러시아 민중들에 이르기까지 대화를 계속했다.

만찬을 끝내고 차를 마실 때에 아기를 목욕시켜야 한다면서 하녀가 들어왔다. 끼찌가 밖으로 나간 후 곧이어 레빈도 불려 나갔다. 레빈이 끼찌 쪽으로 왔을 때 그녀가 말했다.

"보세요, 이것 좀 보세요! 아가피야 미하일로브나 말이 맞았어요. 아기가 우릴 알아보는 것 같아요." 레빈이 아기 욕조로 다가가자 실험을 해보았다. 끼찌를 대신해서 하녀가 아기 쪽으로 몸을 숙이자 얼굴을 찡그리고 고개를 흔들던 아기는 끼찌가 얼굴을 숙이자 이내 웃으면서 만족스러운 듯 입술로 소리를 내기 시작하는 것이었다.

"당신이 아기를 좋아하기 시작해서 기뻐요." 끼찌가 남편에게 말했다.

"처음엔 실망했던 게 사실이오. 하지만 이제야 깨닫게 됐소. 내가 얼마나 이 녀석을 사랑하는지 말이오."

레빈은 아기 방에서 나와 테라스에서 밤하늘을 바라보며 불분명했던 생각들을 다시 떠올리기 시작했다. 레빈은 낯익은 삼각형의 별자리와 그 은하수의 분기점 가운데를 쳐다보고 있었다. 번개가 번쩍일 때마다 그 빛 때문에 별들은 시야에서 사라졌지만 번개가 그치자마자 별들은 다시 나타나 빛을 발하고 있었다.

'지금 내 눈앞에 보이는 별들의 운행은 수세기 동안 수백만 명의 사람들 눈에 똑같이 비친 것들이다. 과거에도 변함없이 그러했고 앞으로도 변함없이 그럴 것이다. 기독교에 의해서 내 마음속에 자리잡게 된 선에 대한 개념, 과거에도 변함없었고 앞으로도 변함없을 선에 대한 개념이 없다면 내 결론도 쓸모없고 불안정하게 될 것이다. 나는 다른 종교나 그들의 신에 대한 문제에 대해 관여할 권리가 없고 그럴 가능성도 없다.'

"아니, 아직 안 가셨어요?" 갑자기 끼찌의 목소리가 들렸다. "뭐 안 좋은 일이라도 있는 건 아니죠?" 끼찌는 남편의 얼굴을 쳐다보면서 물었다. 하지만 그녀는 번쩍이는 번개 불빛을 통해 환하고 평온한 남편의 얼굴을 확인하고선 웃어 보였다.

'아내는 내가 무슨 생각을 하고 있는지 이해하고 있구나.' 그는 생각했다. '말할까 아니면 하지 말까? 그래, 얘기해 보자.' 그러나 그가 얘기하려고 했을 때 아내가 먼저 말하기 시작했다.

"꼬스쨔, 부탁이 있어요. 저쪽 구석방에 가셔서 세르게이 이바노비치의 잠자리가 준비됐는지 좀 봐주세요."

"지금 가보겠소." 레빈은 이렇게 말하고선 일어서면서 그녀에게 키스했다.

'아니야, 말할 필요는 없다. 이건 말로 표현하기 힘든, 내게만 필요한 중요한 비밀이니까. 이 새로운 감정은 내가 상상했던 것처럼 나를 변화시키지도 않았고 행복하게 만들지도 않았다. 뜻밖의 선물은 역시 없었던 것이다. 이것이 신앙인지 아닌지 나는 아직 정확히 모르겠지만 이 감정은 어느새 고뇌와 함께 내 마음속에 들어와 자리를 잡을 것이다. 나는 마부 이반에게 여전히 화를 낼지도 모르고 시도 때도 없이 내 생각을 늘어놓을지도 모른다. 신성한 내 마음과 다른 사람, 심지어 아내의 마음 사이에도 일종의 벽이 생길지도 모른다. 또한 내 자신의 두려움 때문에 아내를 비난하게 될지도 모르고, 무엇 때문에 기도를 하는지 이성적으로 이해하지도 못하면서 기도를 할지도 모른다. 하지만 내 삶은 이제 그 자체로 의미 있을 뿐만 아니라 선한 의미를 갖고 있는 것이다.'

역자 해설

똘스또이(1828~1910)의 대표작 『안나 까레니나』는 가정이라는 울타리 안에서 벌어지는 사랑과 행복을 그린 소설이다. '행복한 가정은 모두 비슷하지만 불행한 가정은 제각각 다른 이유로 불행하다'는 소설의 첫 문장은 소설의 제목만큼 유명해진 나머지 이제 일종의 격언으로까지 인용되고 있다.

가정교사와 불륜관계를 맺어온 스쩨빤 오블론스끼는 그 사실이 부인 돌리에게 발각되자 집안이 파탄 상태에 이른다. 이들을 화해시키고자 상뜨 뻬쩨르부르그에 살고 있던 스쩨빤의 여동생 안나 까레니나가 모스끄바에 도착한다. 바로 이 기차역에서 안나는 브론스끼라는 젊은 청년 백작과 조우하게 된다. 그때까지 스쩨빤의 처제인 끼찌를 사랑하고 있었고, 그녀와 결혼까지 생각하고 있었던 브론스끼는 무도회에 참석한 안나에게 반하게 되고, 안나 역시 젊은 브론스끼의 매력에 빠져 둘은 걷잡을 수 없는 사랑의 격랑에 몸을 맡기게 된다. 주위의 시선에도 아랑곳하지 않고 브론스끼와의 밀회를 즐기던 안나는 남편 까레닌에게 이혼을 해달라고 요구하는 대담함을 보이기도 한다.

한편 브론스끼가 나타나기 이전에 끼찌를 사랑하고 그녀와의 결혼을 염두에 두었던 인물이 있었으니 그가 바로 레빈이다. 『안나 까레니나』는 자칫 제목만을 염두에 둔다면 안나의 사랑과 그 사랑의 결말을 위주로 묘사한 소설로 인식하기 쉽지만 안나 못지않게 소설의 전개에 중요한 역할을 담당하는 사람이 레빈이다. 사랑을 위해서, 오직 그 사랑 하나만을 생각하면서 윤리적 잣대도 개의치 않은 채 정열적인 사랑을 표출한 안나와 엄격하면서 도덕적인 사고방식을 가진 채 노동을 중시하는 레빈이 펼쳐 보이는 서로 다른 세상은 상반된 입장을 견지한 채 소설을 이끌고 나가는 주된 동력이 되고 있다.

불륜이라는 꼬리표를 떼어내지 못한 채 '비공식적'으로 가정을 꾸리고 살아가는 안나와 달리 주위의 축복 속에서 결혼식을 올리고 진정한 삶의 의미를 끊임없이 자문하면서 행복하게 살아가는 레빈과 끼찌의 가정을 통해 똘스또이가 우리에게 전하고자 하는 메시지는 분명해 보인다. '원수 갚는 것은 내가 할 일이니 내가 갚아주겠다'는 소설의 제사(epigraph)에 주목하는 이유가 여기에 있다. 성경에서 인용된 이 문장 속 '나'가 성경 원문 그대로 절대자인 신을 지칭한다면 벌은 신이 내리는 것으로써 작가 똘스또이가 신의 입장을 대변하면서 신의 대리자로서 안나를 징벌한 것이 된다. 다분히 도덕적, 윤리적인 소설로 이해될 수 있는 부분이다. 반면에 이 문장 속 '나'를 주인공 안나 자신으로 국한시키며 이 소설을 한 주인공의 열정으로부터 비롯된, 개인적인 연정의 시작과 끝을 담은 소설로 보는 시각도 있다. 소설 말미에서 볼 수 있듯이 안나는 자신이 사랑했던 브론스끼를 상대로 자살을 감행함으로써 그에게 지울 수 없는 상처를 입혔고 이것을 제사에 쓰인 '복수'로 해석할 수 있는 것이다. 물론 개인적인 사랑과 복수를 그린 소설로 이해한다고 해서 이러한 시각을 단순히 폄훼할 수는 없다. 안나를 향해 자신있게 돌을 던질 수 있는 사람은 이 세상에 그리 많지 않을 것이라는 사실 또한 이 부분과 관련을 맺고 있다. 이는 우리 모두가 죄 많고 연약한 인간인 사실에 연유한다. 소설에서도 볼 수 있지만 비밀리에 불륜관계를 맺고 즐기던 당시의 주위 사람들과 달리 안나는 모든 사회적 질타를 감수하면서 브론스끼와의 사랑을 공개적으로 드러냈다. 브론스끼와의 영원한 사랑을 믿었기에 가능했던 선택이었다. 하지만 그의 사랑도 이내 식어갔고 그에게 모든 것을 맡겼던 안나에게 남은 것은 절망 속에서 스스로 생을 마감하는 것뿐이었다. 비록 사회적 지탄의 대상이 될지언정 자신이 선택한 사랑을 믿고 그 길로 나아갔고, 그 사랑이 끝내 이뤄지지 않자 자신이 선택한 그 사랑의 여정에 스스로 마침표를 찍은 사람이 안나였다. 허위와 위선, 가식에 가려진 상류사회의 왜곡된 사랑과는 근본적으로 다른 사랑을 했던 인물이 안나였던 것이다. 이러한 사실에 주목

할 때 진정한 사랑이란 무엇인가라는 보다 근본적인 문제가 제기될 수밖에 없다. 똘스또이와 동시대에 활동했던 도스또옙스끼가 이 소설을 가리켜 완벽한 예술작품이라고 평한 것도 이러한 연장선상에서 이해할 수 있을 것이다.

『전쟁과 평화』를 통해 역사의 수레바퀴를 움직이는 진정한 주인공이 다름 아닌 민중임을 강조한 바 있는 똘스또이는 특유의 세밀하고 유려한 필체를 구사하면서 디테일한 묘사에 있어서 타의 추종을 불허한다는 평을 듣는다. 안나와 브론스끼의 첫 육체관계를 살육으로 묘사하고 있는 대목을 접하면서 똘스또이의 윤리관을 잠시나마 엿볼 수 있고, 안나가 무도회에서 입었던 검은 드레스를 통해 드러낸 마성 같은 매력 및 때에 따라 눈을 가늘게 뜨는 안나의 습성 또한 눈여겨 볼 부분이다. 또한 죽어 가는 형 니꼴라이의 모습을 보면서 삶과 죽음을 생각하게 된 레빈이 거울 앞에 서서 자신의 육체를 하나하나 점검하는 모습 역시 지극히 사실적이면서 세밀한 묘사가 아닐 수 없다. 삶과 죽음에 대한 문제는 안나와 레빈이 느끼는 사랑 문제와 대비를 이루면서 소설 속에서 여러 가지 경로를 통해 우리에게 시사점을 던져 준다. 형의 죽음을 목도한 직후 레빈과 끼찌는 그들 사이에 새로운 생명이 발돋움하고 있음을 알게 된다. 반면 자신의 육체적 매력만을 염두에 둔 나머지 임신에 대한 생각이 전혀 없던 안나가 머물던 브론스끼의 영지에 최신병원은 세워지지만 정작 그곳에 산부인과는 개설되지 않는다. 새 생명을 받아줄 곳이 없는 곳에 새 생명에 관심이 없는 여인이 한시적이나마 삶을 살았고, 이 여인이 결국 스스로 선택하는 것이 죽음이라는 점 또한 아이러니한 장면이라 할 수 있다. 똘스또이는 레빈을 통해서 삶과 죽음에 대해 끊임없이 사유하게 만들기도 하지만 이처럼 안나를 통해서도 육신의 삶과 죽음에 대해 예리한 통찰을 제시한다. 『안나 까레니나』를 읽으면서 안나를 통해 진정한 사랑과 행복에 대해 생각하고, 레빈을 통해 노동의 기쁨 및 삶과 죽음의 의미에 대해 자문하는 것과는 별도로 작가의 이러한 디테일한 묘사를 곳곳에서 발견하는 것은 똘스또이를 읽는 독자들만이 누릴 수 있는 하나의 소소한 즐거움이 될 것이다.

레프 똘스또이 연보

1828년　　　똘스또이 백작 집안의 넷째 아들로 뚤라 주 야스나야 뽈랴나에서 태어남. 아버지는 퇴역 중령, 어머니는 볼꼰스끼 공작 집안 출신. 형으로 니꼴라이, 세르게이, 드미뜨리가 있었음.

1830년(2세)　　8월 7일, 어머니 마리야 니꼴라예브나, 여동생 마리야를 낳다가 죽음(40세).

1833년(5세)　　맏형 니꼴라이로부터 모든 사람에게 행복을 주는 비밀이 새겨져 있다는 「푸른 지팡이」의 이야기를 들음. 「개미 형제」놀이에 열중했던 것도 이 무렵임.

1836년(8세)　　뿌쉬낀의 시 「바다에」, 「나폴레옹」을 암송하여 아버지를 감동시킴.

1837년(9세)　　1월, 똘스또이 집안, 모스끄바로 이사. 6월 21일, 아버지 니꼴라이 일리이치가 뚤라의 길거리에서 졸도하여 급사. 고모인 오스뗀-사껜 부인이 남은 아이들의 후견인이 됨. 부인은 이듬해 옵찌나 수도원에 들어감.

1838년(10세)　할머니 뻴라게야 니꼴라예브나 죽음.

1841년(13세)　가을에 후견인이던 고모가 죽었으므로 레프는 세 형과 까잔에서

	살고 있는 새로운 후견인 고모 뻴라게야 일리이니쉬나 유쉬꼬바에게로 이전.
1844년(16세)	9월 20일, 까잔 대학교 동양어대학 아랍·터어키어과에 입학. 사교계에 출입하며 방탕한 생활을 함.
1845년(17세)	진급시험에 떨어져 법과대학으로 전입.
1847년(19세)	3월, 임질치료를 위하여 입원. '철학과 실천을 종합한다'는 인생방침을 세움. 일기를 쓰기 시작. 독서는 루소, 고골, 괴테. 몽테스키외「법의 정신」과 예까쩨리나 여제의「훈령」을 비교연구. 4월 11일, 후견인의 관리 아래 있던 양친의 유산을 형제 네 명, 누이동생 한 명 사이에서 협의 분할. 똘스또이는 야스나야 뽈랴나 외에 네 개 마을을 상속. 4월 12일, 까잔 대학교를 중퇴. 고향인 야스나야 뽈랴나로 돌아가서 진보적인 지주로서 새로운 농업 경영, 농노들의 계몽과 생활 개선에 노력했으나 농노제도의 사회에서 그의 이상은 실현되지 못함. 일기도 이후 3년간 중단. 뒤에 『지주의 아침』 가운데에서 그 시절의 일을 그렸음.
1848년(20세)	10월부터 이듬해 1월까지 모스끄바에서 방탕한 생활.
1849년(21세)	4월, 뻬쩨르부르그 대학교에서 법학사 자격 검정시험을 치러 두 과목 합격했으나 중도 포기하고 귀향. 가을, 농민의 자제를 위한 학교를 개설함.
1850년(22세)	6월 11일, '방탕하게 지낸 3년간'을 반성하기 위해 일기를 다시 쓰기 시작함.
1851년(23세)	3월, 『어제 이야기』 집필. 4월, 맏형 니꼴라이가 있는 깝까즈로 가

	병사로서 군대에서 근무.
1852년(24세)	1월, 사관후보생 시험을 쳐 4급 포병 하사관으로 현역 편입. 3월 17일, 단편『습격』을 쓰기 시작. 5월,『유년시절』탈고. 네끄라소프의 추천을 받아 그가 주재하는 잡지 «동시대인»지에 익명으로 9월부터 연재. 작가로서의 첫발을 내딛게 됨. 9월, 중편『지주의 아침』을 쓰기 시작. 11월,『소년시절』집필 시작. 12월,『습격』탈고.
1853년(25세)	체첸인 토벌 참가. 전쟁의 부정과 죄악에 대하여 일기에서 비판. 4월,『까작 사람들』기고. 9월,『득점기록원의 수기』탈고.
1854년(26세)	1월, 소위보로 임명됨. 3월, 다뉴브 파견군에 종군하고, 크림 방면군으로 옮김.『소년시절』발표.『러시아 군인은 어떻게 죽는가』탈고. 11월, 세바스또뽈 도착.
1855년(27세)	3월,『청년시절』쓰기 시작. 단편『12월의 세바스또뽈』,『5월의 세바스또뽈』탈고.『삼림벌채』집필. 11월, 뻬쩨르부르그로 돌아가 뚜르게네프, 네끄라소프, 곤차로프, 오스뜨롭스끼, 페트 등 «동시대인» 동인들의 환영을 받음.
1856년(28세)	3월, 셋째 형 드미뜨리 죽음. 퇴역.『1855년 8월의 세바스또뽈』,『눈보라』,『두 경기병』,『강등병』탈고. 7월, 발레리야 아르세니예바를 알아 3년 사귀었으나 결혼하지 못함.
1857년(29세)	1월,『청년시절』발표. 유럽으로 첫 여행을 떠나 7월에 귀국. 야스나야 뽈랴나에 살며 농사를 지음.『루체른』탈고.『알베르뜨』기고.
1858년(30세)	농업경영에 전념. 농부(農婦) 악시냐와의 관계.『세 죽음』탈고.
1859년(31세)	러시아문학애호가협회 회원이 됨. 농민의 아이들을 위해 야스나야

	뽈랴나에 학교를 세우고 교육. 『결혼의 행복』 집필.
1860년(32세)	3월, 최초의 교육 논문「아동교육에 관한 메모와 자료」. 7월, 외국의 교육제도를 시찰할 목적으로 서유럽 여행을 떠남. 9월, 맏형 니꼴라이가 결핵으로 죽어 몹시 슬퍼함. 중편『뽈리꾸쉬까』쓰기 시작.
1861년(33세)	9개월 남짓 유럽 여러 나라의 교육시설을 시찰하고 4월에 귀국. 2월 19일 발표된 농노해방령에 대하여 부정적으로 평가. 교육 잡지 «야스나야 뽈랴나» 간행. 5월, 뚜르게네프와의 불화 심화. 이듬해에 걸쳐 농사 조정원으로 활동하나 농민 측에 서 지주들의 반감을 사게 되어 사임.
1862년(34세)	1월, 똘스또이의 교육 사업에 대하여 관헌이 몰래 주변 동향 조사. 5월, 바쉬끼르 초원에서 요양.「훈육과 교육」완성. 7월, 부재 중에 가택수색.「국민교육에 대하여」완성. 시의(侍醫) 베르스의 둘째 딸 소피야 안드레예브나(당시 18세)와 결혼. 10월, 내무장관, 똘스또이의 교육 잡지의 편향에 대하여 관계 기관에 경고.
1863년(35세)	1월, «야스나야 뽈랴나» 휴간. 3월,『뽈리꾸쉬까』발표. 6월, 맏아들 세르게이 태어남. 9월,『전쟁과 평화』기고.
1864년(36세)	8~9월,『똘스또이 저작집』제1,2권 간행됨. 9월, 맏딸 따찌야나 태어남. 사냥하다 말에서 떨어져 오른손을 다쳐 모스끄바에서 수술.
1865년(37세)	『전쟁과 평화』처음 부분이『1805년』이란 표제로 «러시아 통보»지에 실림.
1866년(38세)	5월, 둘째 아들 일리야 태어남. 11월 10일,『1805년』제2부 속편을 발표함에 있어서 본제를『전쟁과 평화』로 결정.

1867년(39세)	가을, 『전쟁과 평화』의 집필을 위해 보로지노의 옛 싸움터 시찰. 『전쟁과 평화』 전2권으로 출판.
1868년(40세)	5월, 「전쟁과 평화에 대한 몇 마디 말」을 발표.
1869년(41세)	『전쟁과 평화』의 에필로그 완결. 3남 레프 탄생.
1871년(43세)	2월, 둘째 딸 마리야 태어남. 「초등교과서」 제1편 간행.
1872년(44세)	4남 뾰뜨르 탄생.
1873년(45세)	3월, 『안나 까레니나』 착수. 7월, 아내와 함께 사마라 지방으로 가 빈민 구제 사업에 힘을 기울임. 「읽고 쓰기 교육방법에 관하여」를 『모스끄바 신문』에 실음. 11월, 『똘스또이 저작집』 전8권 출판. 전 12권의 「초등교과서」 간행. 4남 죽음. 12월, 과학아카데미 준회원이 됨.
1874년(46세)	4월, 5남 니꼴라이 탄생. 5월, 「국민교육에 대하여」 집필. 6월, 따찌야나 예르골스까야 죽음. 「새 초등교과서」 편집.
1875년(47세)	『깝까즈의 포로』, 『신神은 진실을 보나 이내 말하지 않는다』, 『뾰뜨르 1세』 씀. 1월, 『안나 까레니나』, 《러시아 통보》에 연재 시작. 2월, 5남 니꼴라이 죽음. 6월, 「새 초등교과서」 간행. 10월, 딸 조산 사망. 「러시아어 독본」 전4편 출판.
1876년(48세)	전년에 이어 아동교육에 전념. 12월, 차이꼽스끼와 알음알이가 됨.
1877년(49세)	4월, 『안나 까레니나』 제8편 단독 출판. 11월, 6남 안드레이 탄생.
1878년(50세)	1월, 『안나 까레니나』 단행 출판. 십이월당 연구를 위해 모스끄바와 뻬쩨르부르그에 감. 4월, 뚜르게네프에게 화해편지. 5월, 『최초의 기억』을 쓰기 시작. 8월, 뚜르게네프가 야스나야 뽈랴나를 방

문.「고백」집필.

1879년(51세)	7월, 야스나야 뽈랴나에 민화의 이야기꾼 셰골료놀 방문. 똘스또이는 그의 이야기를 토대로『사람은 무엇으로 사는가』,「두 노인」,「기도」등 민화를 씀. 10월부터『고백』,「교의신학의 비판」,「요약복음서」등 집필. 11~12월, 가르쉰과 레삔을 알게 됨. 7남 미하일 탄생.
1880년(52세)	2월,「교의신학 비판」착수. 3월,「4복음서의 합일과 번역」착수. 가르쉰 찾아옴. 6월, 모스끄바 뿌쉬낀 상 제막식 불참. 종교문제로 페뜨와의 사이 소원.
1881년(53세)	2월, 도스또옙스끼의 부보를 접하고 슬퍼함. 4월,「요약복음서」완성. 7월,『사람은 무엇으로 사는가』탈고. 9월, 가족과 함께 모스끄바로 이주. 10월, 8남 알렉세이 탄생.
1882년(54세)	모스끄바의 민세조사에 참가. 논문「그렇다면 무엇을 할 것인가」기고. 5월,『고백』을 완성하여 «러시아 사상»에 발표. 그러나 발행이 금지됨. 7월, 돌고-하모브니끼에 집을 삼(뒤에 똘스또이 박물관이 됨). 10월, 히브리어를 배워 구약성서를 읽음. 12월, 똘스또이의 종교적 저작을 위험시하는 뽀베도노스쩨프의 검열 강화. 중편『이반 일리이치의 죽음』기고.
1883년(55세)	4월, 야스나야 뽈랴나 저택 화재. 5월, 아내에게 재산관리 맡김. 7월, 파리의 잡지에 똘스또이의「요약복음서」실림. 10월, 체르뜨꼬프와 알음알이가 됨.「나의 신앙은 무엇에 있는가」집필.
1884년(56세)	1월, 화가 게, 똘스또이 초상화 그림.「나의 신앙은 무엇에 있는가」탈고, 당국에 압수당했으나 사고로 나돎. 2월, 공자, 노자 읽음.

	3월, 『미치광이의 일기』 기고. 5월, 금연을 실행. 6월, 아내와의 불화로 가출 시도. 3녀 알렉산드라 탄생. 11월, 비류꼬프 찾아와 체르뜨꼬프와 함께 민중을 위한 출판사 〈중개인〉을 설립하려고 함.
1885년(57세)	1월, 《러시아 사상》지에 「그렇다면 우리는 무엇을 할 것인가」 게재로 발금. 2월, 끼쉬뇨프에서 똘스또이의 사상에 촉발된 최초의 병역 거부자 나옴. 헨리 조지의 「진보와 빈곤」을 읽고 깊은 감명을 받아 사유재산을 부정함으로써 아내와 불화 심화. 그 결과로 모든 저작권을 아내에게 양도. 3월 이후 〈중개인〉을 위한 많은 민화 집필 ―『악마적인 것은 차지지만 신적인 것은 단단하다』, 『두 형제와 황금』, 『소녀들은 노인들보다 지혜롭다』, 『불을 놓아두면 끄지 못한다』, 『사랑이 있는 곳에 신도 있다』, 『촛불』, 『두 노인』, 『바보 이반의 이야기』, 『사람에게는 많은 땅이 필요한가』, 『깝까즈의 포로』 등. 10월, 「고백」, 「요약복음서」, 「나의 신앙은 무엇에 있는가」를 체르뜨꼬프가 영역, 런던에서 출판됨. 11월, 「홀스또메르」 발표. 12월, 아내와의 불화 심화. 아내와 헤어질 결의 굳힘.
1886년(58세)	1월, 8남 알렉세이 죽음. 2월, 꼬롤렌꼬 찾아옴. 3월, 『이반 일리이치의 죽음』 탈고. 5월, 『최초의 양조자』 발표. 11월, 『문명의 열매』 집필.
1887년(59세)	1월, 동서고금의 성현의 가르침을 모은 「일력」 발행. 수백만 부 팔림. 나중에 『지혜의 달력』의 기초가 됨. 희곡 『어둠의 힘』 간행. 3월부터 육식 금함. 4월, 로망 롤랑의 첫 편지. 레스꼬프 찾아옴. 9월, 은혼식 올림. 10월, 『크로이체르 소나타』 기고. 민화 발금 처

분 받음. 12월, 『인생에 대하여』 탈고. 금주동맹 창립. 이 해 『빛이 있는 동안에 빛 속을 걸어라』, 「국민독본과 과학책에 관하여」, 민화 『빵 한 조각을 보상한 작은 악마의 이야기』, 『뉘우친 죄인』, 『사람에게는 많은 땅이 필요한가』, 『세 은사』, 『달걀만한 씨앗』, 『일꾼 예멜리안과 빈 북』, 『세 아들』 씀.

1888년(60세) 1월, 「고골에 대하여」 착수. 본다레프의 『농민의 축제』에 서문을 씀. 꼬롤렌꼬 찾아옴. 2월, 담배를 끊음. 아들 일리야, 결혼식을 올림. 막내아들 바네치까 태어남. 파리에서 『어둠의 힘』 상연. 4월, 종무원, 『인생에 대하여』 발금. 『최초의 양조자』 상연금지. 5월, 「일력」 판금.

1889년(61세) 3월, 소피야 부인의 불역으로 『인생에 대하여』 나옴. 『문명의 열매』 집필. 4월, 『예술이란 무엇인가』, 『크로이체르 소나타』 집필. 8월 『크로이체르 소나타』 탈고. 11월, 『악마』 기고. 12월, 『크로이체르 소나타』의 후기 완성. 『꼬니의 이야기』 착수, 뒤에 『부활』이 됨. 야스나야 뽈랴나 저택에서 『문명의 열매』 상연.

1890년(62세) 1월, 연극 애호가의 노력으로 『어둠의 힘』 러시아 초연. 베를린에서도 초연. 2월, 『세르기 신부』 기고. 7월, 「신은 너희 안에 있다」 집필. 무저항주의론 집필. 10월, 「양성관계의 고찰」 발표. 『빛이 있는 동안에 빛 속을 걸어라』 영역으로 출판.

1891년(63세) 1월, 「음주 끽연론」 영국에서 초역. 저작권 포기문제로 아내와 대립. 4월, 아내 소피야가 발행금지 되었던 『크로이체르 소나타』의 공표 허가를 얻어냄. 『니꼴라이 빨낀』을 제네바에서 출판. 6월, 재산문제로 처자와 대립, 가출을 생각함. 7월, 81년 이후 저술의 저작권 포기를 똘스또이가 신문에 공표하려고 하자 소피야 부인 철도 자살 기도. 8월, 「첫 단계」의 집필. 9월, 중앙과 동남의 21개 도에서 기근이 일어나자 농민 구제를 위해 활약. 81년 이후 작품의 저작권 포기의 편지, 《러시아 통보》지와 《새 시대》지에 공표됨. 10월, 「기근의 보고」 집필.

1892년(64세) 1월, 《모스끄바 통보》지에 똘스또이의 『굶주림에 대하여』가 영역으로 실려 큰 반향을 일으켜 정부가 기근 대책에 나섬. 5월, 「첫 단계」 발표. 7월, 부인과 자식들 사이에 재산분배로 다툼이 일어남.

1893년(65세) 1월, 『문명의 열매』로 러시아 극작가상 수상, 상금은 구제기금으로 내놓음. 8월, 「종교와 도덕」 집필. 10월, 「그리스도교와 애국심」, 「부끄러워라」, 「태형반대론」, 「노동자 대중에게」, 「헤이그 만국평화회의에 대하여」 씀.

1894년(66세) 1월, 모스끄바 심리학회의 명예회원으로 뽑힘. 헨리 조지의 「당혹한 철학자」를 읽고 토지사유제도의 악을 확인. 슬로바키아의 의사 마꼬베쯔끼와 만남. 8월, 『주인과 머슴』 집필. 11월, 「이성과 종교」 탈고. 12월, 「종교와 도덕」 완성. 「신의 고찰」 발표. 처음으로 두호보르 교도와 만남.

1895년(67세) 2월, 『주인과 머슴』 탈고. 9남 이반 죽음. 5월, 『꼬니의 이야기』 절반 이상 집필. 6월, 두호보르 교도와 친교를 맺고 있었기 때문에 4천여 교도의 병역거부 운동이 일어나자 그 지도자로 지목되어 당국의 탄압 심해짐. 8월, 체홉 찾아와 『부활』 초고 건넴. 농민 체벌

	에 반대한 논문 「부끄러워라」 발표.
1896년(68세)	1월, 「애국심인가 평화인가」 탈고. 6월, 병역의무 거부운동을 찬양하는 「종말이 가깝다」를 국외에서 발표. 「그리스도 가르침의 본질은 무엇에 있는가」 집필. 8월, 『하쥐 무라뜨』 착수. 10월, 두호보르 교도에게 원조자금 보냄.
1897년(69세)	여전히 가출과 죽음을 바람. 2월, 똘스또이와 관련하여 체르뜨꼬프와 비류꼬프가 관헌의 가택수색을 받음. 이듬해에 걸쳐 『예술이란 무엇인가』 집필. 3월, 병상에 있는 모스끄바의 체홉을 방문. 『하쥐 무라뜨』, 「헨리 조지의 사상」, 「국가와의 관계」 집필. 6월, 시베리아에 유형당하는 두호보르 교도를 모스끄바 이송 감옥으로 찾아감. 8월, 스위스의 신문에 편지를 보내 병역을 거부하는 두호보르 교도의 싸움에 노벨평화상을 줄 것을 제안. 10월, 『예술이란 무엇인가』를 탈고하나 검열허가의 가망 없음. 11월, 영어판용 서문을 씀.
1898년(70세)	뚤라와 오룔 두 주의 빈민 구제를 위해 활동. 1월, 〈중개인〉사에서 『예술이란 무엇인가』 출판. 7월, 두호보르 교도의 해외 이주자금을 얻기 위하여 『부활』의 탈고에 전념. 8월 28일, 똘스또이 탄생 70주년 기념 축하회 열림. 10월, 『부활』을 연재하기로 «니바»지와 협의, 결정. 『세르기 신부』 완성. 「종교와 도덕」, 「똘스또이즘에 관하여」, 「기근인가, 기근이 아닌가」, 「두 전쟁」, 「카르타고를 파괴하지 말라」, 「러시아 통보의 편집자에게 부친다」 등 집필, 탈고.
1899년(71세)	1월, 체홉의 『귀여운 여인』을 낭독하고 감동. 3월, «니바»지에 『부활』 연재 시작. 4월, 체홉, 뒤에 릴케 찾아옴. 11월, 『부활』 탈고.

논문 「새로운 노예제도」 기고.

1900년(72세)   1월, 과학아카데미 문학부문 명예 회원에 뽑힘. 고리끼 찾아옴. 5월, 희곡 『산 송장』 착수. 11월, 공자 연구. 『부활』, 세계적 반향 불러일으킴. 「애국심과 정부」, 「죽이지 말라」, 「자기완성의 의의」 씀.

1901년(73세)   2월, 『하쥐 무라뜨』 집필. 정교회에서 파문. 광범한 대중적 분노 높아짐. 6월, 파문 명령에 대한 「종무원에의 회답」 발금. 빠스쩨르낙, 똘스또이를 그림. 9월, 크림반도로 요양 떠남.

1902년(74세)   1월, 고리끼 찾아옴. 체홉 찾아옴. 전제정치의 폐기, 이주와 교육과 신앙의 자유, 토지사유제의 폐지를 요구한 「니꼴라이 1세에게 부치는 편지」를 보냄. 1월 하순~2월 초순, 폐렴으로 위독 상태에 있으면서 「신앙의 자유」, 「종교란 무엇이며 그 본질은 무엇에 있는가」를 구술 필기. 검열국과 출판관리국, 똘스또이의 죽음을 상정하고 보도 규제를 언론에 통고. 뽀베도노스쩨프, 성직자에게 똘스또이가 죽으면 즉시 사람들에게 똘스또이가 죽음 직전에 정교회로 개종했다고 거짓 보고를 하도록 지시. 5월, 꼬롤렌꼬 찾아옴. 6월, 야스나야 뽈랴나로 돌아옴. 7월, 논문 「노동대중에게 줌」 탈고. 『하쥐 무라뜨』 재검토. 8월, 문학 활동 50주년 기념 축하회 열림. 9월, 『하쥐 무라뜨』 일단 끝남. 「성직자에 대한 호소」 착수. 11월, 『지옥의 붕괴와 그 부흥』 착수.

1903년(75세)   1월, 비류꼬프의 요청으로 『회상』 집필. 연초부터 심부전과 심근경색으로 쇠약해짐. 『하쥐 무라뜨』에 대한 니꼴라이 1세의 관계자료 조사. 8월, 단편 『무도회가 끝난 후』 탈고. 7월, 『노동과 병과 죽

	음」, 「아시리아 왕 아사르하돈」, 「세 가지 의문」 착수. 8월 28일, 탄생 75주년 축하회 열림. 9월, 「셰익스피어와 드라마에 대하여」 집필. 12월, 「위조지폐」, 「신의 일과 사람의 일」 집필.
1904년(76세)	러일전쟁 반대론 「반성하라」 기고. 7월, 「부활」 속편 계획. 8월, 「지혜의 달력」 편집에 전념. 형 세르게이 죽음. 11월, 「나는 누구인가」 집필. 12월, 마꼬베쯔끼, 주치의로 입주.
1905년(77세)	1월, 체흡 「귀여운 여인」 후기 집필. 2월, 「알료샤 고르쑉」, 「꼬르네이 바실리예프」 집필. 3월, 「기도」 집필. 6월, 「딸기」 집필. 5월, 「세계의 종말」 집필. 「푸른 지팡이」 집필.
1906년(78세)	2월, 「꿈을 꾸었던 일」 집필. 8월, 소피야 부인 중병. 「셰익스피어와 드라마에 대하여」를 《러시아의 말》지 제277~282호에 나누어 실음. 4월, 단편 「무엇 때문에」, 「두 길」 집필. 「유년시절의 추억」, 「신의 일과 사람의 일」, 「뾰뜨르 헬치쯔끼」, 「파스칼」 등 발표. 9월, 비류꼬프 편 「대 똘스또이전」 제1권 간행. 노벨상 추천소식을 듣고 사퇴의 뜻을 전함. 「신부 바실리」, 「자기를 믿어라」 집필. 「신의 일과 사람의 일」 완성.
1907년(79세)	2월, 야스나야 뽈랴나 학교를 부활. 9~10월, 새 「지혜의 달력」에 전념.
1908년(80세)	1월, 에디슨, 축음기 보냄. 6월, 「폭력의 법칙과 사랑의 법칙」 집필 계속. 7월, 사형을 반대하는 「침묵할 수 없다」 국내외에서 발표. 8월, 유언장 작성. 9월, 「어린이를 위한 그리스도의 가르침」 출판. 비류꼬프 「대 똘스또이전」 제2권. 12월, 단편 「살인자들」, 「그리스

도교와 사형」 착수. 에디슨의 부탁으로 축음기에 영·불·노어로 성서 녹음. 『세상에 죄인은 없다』 착수. 이 해는 똘스또이 탄생 80주년이 되어 연초부터 축전을 조직하는 발기인회가 생겼으나 정부, 종무원, 시 당국이 방해. 그러나 9월에 걸쳐 세계 각국의 단체, 개인으로부터, 심지어는 블라지보스똑 감옥의 죄수들에게서까지 축하 편지, 전보를 보내옴.

1909년(81세)   탄생 80주년 기념 똘스또이 박람회, 뻬쩨르부르그에서 열림. 1월, 똘라의 사제, 교회와 경찰의 뜻을 받고 소피야 부인을 만나 똘스또이가 죽기 전에 참회했다고 민중에게 믿게 하기 위하여 죽음이 임박했을 때에는 빨리 알리도록 약속을 강요. 2월, 대화집 「어린이의 지혜」 착수. 3월, 「의식혁명의 필요」 착수. 「고골에 대하여」 발표. 4월, 베르쟈예프, 불가꼬프 등의 논집 「도표」에 대하여 신랄히 비판. 5월, 「혁명은 피할 수 없다」 집필 계속. 「사랑에 대하여」 착수. 7월, 「유일한 계율」 집필. 스톡홀름에서 평화국제회의로부터 초대장 옴. 소피야 부인과의 저작권과 재산관리권 문제의 갈등으로 출석하지 못함. 회의에서의 보고 구술. 8월, 스똘르이삔 수상에게 편지를 보내어 폭력과 사형과 사유의 정치를 통렬히 비판. 혁명 선동과 발금본 유포 혐의로 비서 구세프 체포, 추방당함. 9월, 이 문제로 주지사와 내무장관에게 항의. 「무정부주의자가 되지 않을 수 없다」 집필. 간디에게서 인도의 식민지적 노예 상태에 관한 편지 받음. 81년 이후의 저작권은 체르뜨꼬프에게 속한다는 뜻의 유언장 씀. 10월, 『성직자의 수기』 착수. 11월, 유언장 서

명. 『마을의 노래』 집필. 그밖에 「고골에 대하여」, 「행인과의 대화」, 『돌』, 『큰곰자리』, 『꿈』 집필.

1910년(82세)   1월, 문집 『인생의 길』 편집, 완성. 2월, 단편 『호드인까』, 「마을에서의 사흘」 완성. 5월, 세계평화회의에서 초대. 아내, 히스테리를 일으켜 가출. 6월, 『무심결에』 씀. 7월, 숲 속에서 다시 유언장 씀. 8월, 가족 몰래 유언장을 작성한 것을 후회. 모파상의 『고독』을 『지혜의 달력』에서 읽음. 부인, 똘스또이의 장화 속에서 『나 혼자만을 위한 일기』 발견. 부인과 나란히 최후의 사진을 찍음. 꼬롤렌꼬 찾아옴. 10월 4일, 열과 두통, 식욕부진, 불면. 5일, 간장 통증. 7일, 체르뜨꼬프 최후의 방문. 부인 히스테리 일으킴. 27일, 아내에게 이별의 편지 초고를 쓰고 마꼬베쯔끼와 마지막 승마, 16킬로. 28일, 오전 4시, 마꼬베쯔끼와 딸 알렉산드라를 깨워 채비를 하고 마꼬베쯔끼를 데리고 가출. 옵찌나 수도원에 머뭄. 샤모르지노의 여동생한테서 머뭄. 31일, 샤모르지노에서 기차로 남쪽으로 향함. 도중 오한으로 아스따뽀보 역에서 하차. 역장의 숙사에서 누움. 11월, 자녀들 도착. 폐렴진단. 7일(신력 19일) 오전 6시 5분 영면. 유체는 9일 이른 아침 야스나야 뽈랴나로 운구되어 고별식 뒤 「푸른 지팡이」가 묻혔다는 숲에 묻힘.

지은이 레프 똘스또이

레프 니꼴라예비치 똘스또이는 1828년 모스끄바에서 남쪽으로 200km 정도 거리에 있는 야스나야 뽈랴나에서 똘스또이 백작 가문의 넷째 아들로 태어났다. 똘스또이는 2살과 9살이 되었을 때 각각 모친과 부친을 여의었고, 이후 큰고모와 후견인의 보살핌 속에 자라났다. 16세가 되던 1844년에 까잔 대학 철학부 동양어과에 입학하였으나 사교계를 출입하며 방탕한 생활을 일삼았고 법학부로 전공을 옮겼으나 곧 중퇴하였다. 23세가 되던 1851년에 입대하여 군복무를 시작하였고 이때 처녀작인 『유년시절』을 쓰기 시작했다. 1852년에 『소년시절』을 쓰기 시작했으며 1855년에는 『청년시절』을 썼다. 1856년에는 크림전쟁에 직접 참전했던 경험을 토대로 쓴 『세바스또뽈 이야기』를 발표하였다. 한편 1861년에 자신의 고향인 야스나야 뽈랴나에 농민학교를 세우는 등 농촌 계몽에 지속적인 관심을 기울였다. 34세가 되던 1862년에 소피야 안드레예브나와 결혼하였고, 슬하에 모두 13명의 자녀를 두었다. 이후 『까작 사람들』(1863), 『전쟁과 평화』(1869), 『안나 까레니나』(1877) 등의 주옥같은 작품들을 잇달아 발표하면서 대작가로서의 입지를 굳히게 되었다. 하지만 이후 사상의 전환을 맞이하였고 『교의신학 비판』(1880), 『고백록』(1882)을 발표하는 등 기존의 순수예술에서 점차 벗어나 도덕적인 신념을 강조하고 자신만의 종교를 설파하였는데, 이로 인해 1901년 러시아 정교회로부터 파문을 당하게 되었다. 노년에 접어들어서도 왕성한 집필활동을 통해 『이반 일리이치의 죽음』(1886), 『크로이체르 소나타』(1889), 『예술이란 무엇인가』(1897), 『부활』(1899) 등을 계속해서 발표했다. 사유재산을 부정함으로써 생긴 부인 소피야와의 견해 차이를 좁히지 못했던 똘스또이는 끝내 노구의 몸을 이끌고 1910년 홀로 가출하였다가 아스따뽀보 기차역에서 조용히 생을 마감했다.

옮긴이   김종민

서울에서 태어나 고려대학교 노어노문학과를 졸업하고 러시아 상뜨 뻬쩨르부르그 국립대학에서 석사학위를 받았다. 러시아 과학 아카데미 러시아 문학 연구소에서 박사학위를 받았고 현재 강남대학교 국제지역학부 조교수로 재직 중이다. 저서에 『러시아어 문법』(공저)이 있으며, 『사람은 무엇으로 건강하게 사는가』(공역)를 통해 국내에 소개되지 않았던 똘스또이의 에세이를 초역했다. 「벌할 수 없는 죄: 무의식의 코드를 통해 본 죄와 벌」, 「안나 카레니나에 나타난 의상의 상징」, 「카자흐스탄 국가 정체성 연구」 등의 논문이 있다.

가볍게 읽는 레프 똘스또이 3대 걸작선
안나 까레니나

초판 1쇄 발행 2013년 8월 19일
초판 2쇄 발행 2019년 6월 14일

지은이 레프 똘스또이
옮긴이 김종민
펴낸이 김선명

펴낸곳 뿌쉬낀하우스
책임편집 이은희
편집 김영실, 박은비
주소 서울시 중구 동호로 15길 8, 3층(신당동, 리오베빌딩)
전화 02)2237-9387
팩스 02)2238-9388
이메일 book@pushkinhouse.co.kr
홈페이지 www.pushkinhouse.co.kr
출판등록 2004년 3월 1일 제 2004-0004호

ISBN 978-89-92272-47-6 04890
    978-89-92272-48-3 (세트)

Published by Pushkinhouse. Printed in Korea
Korean Translation Copyright ⓒ2013 by 김종민 & Pushkinhouse
저작권법에 의해 보호를 받는 저작물이므로 무단 전재와 무단 복제를 금합니다.

*잘못된 책은 바꿔드립니다.

Классика Льва Толстого

레프 똘스또이 클래식

사랑, 자연, 금주, 절제 등 똘스또이의 가치관을 한눈에 담아 볼 수 있는
똘스또이즘의 집약체!
소장 가치를 올려주는 러시아 전문가들의 정확하고 품격 있는 번역본!

현재 똘스또이 전집 시리즈를 출간하는 곳은 전 세계적으로
단 2개의 출판사로(러시아 제외), 그중 한 출판사가 바로
뿌쉬낀하우스 교육문화센터입니다.
똘스또이 클래식은 레프 똘스또이의 문학작품뿐만 아니라
그간 국내에 출간되지 않았던 사회 평론, 종교적 테마의 작품들까지 총망라하여
새롭게 선보이는 레프 똘스또이 전집 시리즈입니다.